I0682902

SAM DORI:
NARRACIONES DE UN LOCO LOCUAZ

Ytalo Donadelli
Sam Dori: narraciones de un loco locuaz / Ytalo Donadelli; edición literaria
a cargo de Luis Videla. - 1ª ed. - Buenos Aires: Deauno.com, 2009.
140 p.; 21x15 cm.

ISBN 978-987-1581-48-1

1. Novela Autobiográfica. I. Videla, Luis, ed. lit.
CDD V863

© 2009, Ytalo Donadelli
© 2009, Deauno.com (de Elaleph.com S.R.L.)
© 2009, Luis Videla, edición literaria

contacto@elaleph.com
http://www.elaleph.com

Para comunicarse con el autor: ytalodonadelli06@yahoo.com

Primera edición

ISBN 978-987-1581-48-1

Hecho el depósito que marca la Ley 11.723

Ytalo Donadelli

Sam Dori:

Narraciones de un loco locuaz

deauno.com

DEDICATORIA Y AGRADECIMIENTO

He pensado una y otra vez al respecto y concluí que no tengo persona o ser vivo alguno en éste planeta o fuera de él a quien dedicarle estos relatos ni a nadie a quien agradecerle nada por ellos.

Esta resolución era firme y estaba convencido no cambiarla por ninguna razón. Pero una calurosa tarde de verano floridano, sin ton ni son, intervino mi esposa refiriéndose al punto en cuestión.

— ¿De verdad que no vas a agradecerme la ayuda que te he brindado durante todos estos años a tu lado? —Y por ahí se fue...

De seguidas adoptó la clásica postura de la mujer ofendida.

Viendo como estaban las cosas, corría el peligro de entrar en franca beligerancia con mi consorte. Sin otra opción, cambié de parecer. Así que dedico estas letras a mí querida esposa Maria Teresa por su abnegada y desinteresada colaboración, sin la cual hubiese sido imposible culminar este trabajo y privar al mundo, por lo tanto, del placer de leerlo.

Gracias, sweety.

YTALO A. DONADELLI ROMERO

SAM DORI

CAPÍTULO I

LA MAÑANA DE ese 8 de noviembre de 1939 en la ciudad de
Munich, Alemania, era singularmente fría. El termómetro buscaba marcar algunas rayitas debajo del cero. Una espesa y blanca
nieve cubría más de veinte centímetros del quicio de las puertas.

Dentro de la popular cervecería *Burgerbraukeller* los trabajadores acalorados terminaban de poner a punto el local para
atender su numerosa clientela.

Se sabía además que en horas de la noche Hitler celebra-
ría, como en tantas otras ocasiones, una reunión conmemora-
tiva a la que asistirían los más notables jefes de su gobierno.

El olor penetrante de las papas con crema, "Tellerfleish",
"Weibwürst" y repollo, invadía la gran estancia, traspasando
puertas llegaba a la calle.

Dos empleados particularmente nerviosos y tensos, más
de lo que su trabajo usualmente requería, miraban con frecuencia al gran reloj de pared e intercambiaban ansiosas y pre-
ocupantes miradas.

Si los periódicos de la época no mienten, el atentado
contra Adolfo Hitler, perpetrado ese día en aquel bar fue obra
de los ingleses y judíos con alguna colaboración interna.

Aparte de matar a casi una decena de personas, varios le-
sionados graves y cuantiosos daños materiales el acto, estraté-
gica y técnicamente, fue un rotundo fracaso y sus organizado-
res hicieron el ridículo ante el mundo.

A poco del atentado, en las cercanías de la frontera Suiza, capturaron a un relojero-carpintero. Les pareció sospechoso a los de la Gestapo y a fuerza de torturas le hicieron confesar su culpabilidad.

Muy raro es que por semejante delito no lo mataran allí mismo. Cuando ya era costumbre que por nimiedades le quitaran la vida a cualquiera.

Años después, cuando la guerra ya casi estaba terminando, un oficial nazi en un campo de concentración, sin razón aparente, le metió un tiro en la cabeza.

Ahora, repuesto el líder alemán, a sus ansias de recuperar las tierras, la riqueza y la dignidad que el Tratado de Versalles le despojó, se sumó el espíritu de venganza contra toda la Europa que los había humillado y el deseo de dominar al mundo.

Habían transcurrido escasos veintiún años de haber terminado una sangrienta guerra, que aún dejaba ver heridas sin sanar, cuando ya estaba comenzando la otra.

La gran conflagración, con su terrible caos y destrucción, hizo posible que la sociedad se develara tal como realmente era. La naturaleza humana, en su más genuina expresión quedó al descubierto en su sentido moral, espiritual, ético y religioso.

Los sentimientos más crueles, los instintos atávicos, el salvajismo, la maldad, la codicia, el orgullo y todos los caracteres naturales que se habían querido ocultar y enmascarar durante años, afloraron como nunca.

Allí estaba la obra de arte de la creación, el ser destinado a dominar a los demás seres vivientes, haciendo gala de sus facultades innatas y sobresalientes.

Mejoró el arte de matar de lejos, de cerca, con balas, cuerpo a cuerpo. Ingenió las muertes colectivas con bombas, cohetes y cámaras de gas. Inventó infinidad de maneras de asesinar y destruir desde el aire, el agua o la tierra.

Descubrió el poder del átomo y le agregó el componente de su maldad. Aprendió y desarrolló nuevas formas de torturas para martirizar a los de su misma especie y se aplicó a disfrutar del espectáculo de ver padecer el dolor y de angustia más terrible a sus semejantes al contemplar cómo morían.

Sexualmente se destapó y todos los actos imaginables o no entre humanos, sin importar el género, se hicieron comunes entre hombres, mujeres, hombres con niños, todo era permitido y todo se cometía, no solamente por los grandes y poderosos sino también las demás clases sociales incurrían en atrocidades que eran toleradas y hasta bien aceptadas.

De repente, la guerra terminó. Nadie sabía cómo o por qué, pero un buen día la radio y los periódicos lo anunciaron: "La paz ha llegado. Fin de la Guerra".

Parecía que muchos no querían esto y por lo tanto, no lo esperaban.

Daba la impresión que a ciertas personas les agradaba la guerra y que estaban haciendo lo propio para lo cual fueron creados. La guerra los mantenía ocupados, tanto de mente como de cuerpo y espíritu.

Cada día era un verdadero nuevo amanecer y como tal se valoraba, cada cual tenía su papel asignado. Tanto las víctimas como sus victimarios sabían para qué estaban ahí.

No había lugar para la duda ni la esperanza, causantes estas de tantos males que han azotado la humanidad.

El mundo entero ahora, simplemente, no sabía ni a donde ir ni qué hacer.

Para el momento, las reglas y el orden, prácticamente no existían. Largas y cruentas luchas acabaron con todo en los países implicados, unos más que otros estaban poco menos que destruidos.

El hambre —ese castigo horrible y perenne— azotaba sin piedad pueblos y ciudades. Los servicios sanitarios y energéticos habían colapsado, las enfermedades y epidemias estaban a la orden del día, las industrias destruidas, las arcas de los estados vacías, lo que impedía acometer cualquier plan restaurador. Se mendigaba ayuda al exterior.

Ante este horrible caos resultante, algunos países sudamericanos abrieron sus puertas a los desplazados, refugiados y víctimas de la pelea. Necesitaban médicos, ingenieros, constructores, agricultores, gentes capacitadas para tratar de salir de la inmensa pobreza, ignorancia y subdesarrollo crónico en que históricamente estaban sumidos.

Vieron que la historia les presentaba una oportunidad que debía aprovecharse. La gente en Europa, cansada de contiendas y persecuciones, estaba dispuesta a marcharse al mismísimo infierno. Veían sus tiempos como los más desgraciados que le hubo tocado vivir al mundo contemporáneo.

La tierra de Sam Dori no podía escapar a las influencias que el gran desastre estaba ocasionando. Uno primordial era la llegada de tantas personas de razas diferentes a un país en donde la gran mayoría de los pobladores eran mestizos, negros, indios y unos cuantos blancos, pero los genes y caracteres criollos, su estirpe, se mezclaron sin importar mucho.

Así la tierra pariría unos hijos a quienes marcaría con indeleble sello: colores y rasgos para escoger.

De temperamento inestable, inescrupulosos, contradictorios, salvajes, crueles, románticos, en fin, una mezcla de todo lo bueno y lo malo del ser humano.

Todos eran el producto de una generación, de un período histórico trastornado.

—Pero ¿qué otra cosa podía esperarse de gentes nacidas y criadas en medio de valores que se desmoronaban sin que existieran sustitutos? Hijos de dos guerras mundiales, que ahora entendían claramente cómo todo lo aprendido y desarrollado como civilización en años de historia, ahora, de nada servía.

Sus religiones, su educación y cultura, no mitigaban el hambre, no moderaban los instintos sanguinarios y salvajes del ser humano.

Los estúpidos sueños de fraternidad en donde se veía al "ciudadano del mundo" hablando el Esperanto y conversando plácidamente a las orillas de un hermoso río, la caridad, la compasión y la benevolencia, todo se había ido a la mierda, porque no tenía otro sitio adónde ir.

Gente sin valor y sin alma. Locos, simplemente locos, tocados de la mollera, que sólo traían en sus oídos dos ruidos que le retumbaban incesantemente: el de sus tripas vacías y el de las bombas y cañones.

Así, desorientados, desvariando, sufriendo dolores y penurias de todo tipo, se fueron dispersando por la geografía del nuevo mundo, acomodándose como mejor podían, comiendo lo que conseguían. Una *Pepsi Cola* con un pan se hizo la comida más frecuente entre ellos.

Quienes se arriesgaban, adentrándose más en los montes y selvas, debían adaptarse a comer productos nativos, extraños, desconocidos para sus paladares. Así, muchos enfermaron y murieron, quedando sus cuerpos enterrados en cualquier sitio, lejos de su tierra.

Ahora sabían que no significaba lo mismo estar constipado en Europa, que coger una amibiasis en el trópico. Tres días cagando y vomitando sin parar, lleva al más fuerte y valiente a la tumba.

El paludismo, ese mal trasmitido por un inocente animalito llamado anofeles, tenía en estos señores de piel blanca un auténtico manjar.

Con una veintena de pequeñas picadas y ya caían postrados, sudando a mares, delirando y con una fiebre tan alta que los pobres no pasaban de los tres días.

Cuando alguien decía: "¡A Zutanejo le pegó la fiebre!", ya podían ir cavando el hoyo y haciendo el cajón.

Pero esta gente era dura, resistente y tozuda. Pasado algún tiempo, las cosas fueron mejorando para los recién llegados y comenzó a verse la prosperidad.

Los hombres de cualquier condición o estado civil se fueron uniendo, arrejuntándose con las nativas. Hermosas y dulces morenas, atractivas, jóvenes, sensuales, sin prejuicios y fáciles de enamorar.

Muchas de ellas incultas, analfabetas, cargadas de hijos sin padre, tripudos y con hambre, vieron en aquellos trabajadores y peludos hombres una tabla de salvación, una ayuda a su precaria condición.

Muy distintos eran a los hombres nativos, enemigos del trabajo y del orden, que sólo andaban pendientes de beber aguardiente, bailar, juegos de envite y preñar mujeres.

Estos extranjeros —como históricamente se repite—, no se imaginaron que al despertárseles la lujuria y al dar rienda suelta a sus apetitos sexuales, iban a ir poblando al país de otra raza, de otro tipo de seres mestizos que no eran ni lo uno ni lo otro. Estaba naciendo el verdadero Nuevo Mundo.

CAPÍTULO II

EN EL SUCIO y hediondo muelle del puerto de Génova todo eran gritos, agitación, despedidas, llantos y risas. Un viejo y destartalado barco, sin color definido, lleno de inmigrantes de diferentes países, hambrientos unos, gordos otros, pobres, ricos, pronazis, pro-americanos, analfabetos, profesionales, asesinos, ladrones, prostitutas, niños, viejos y jóvenes, todo un excedente embarcado, apiñado en hediondas bodegas, con rumbo a otros mundos.

El hosco capitán iría tirando todo ese lastre humano donde pudiera, en México, en Venezuela y en otros países de Sudamérica. Su barco polinizaría esa mezclada semilla. Lo hizo al azar, sin orden, a como cayeran. Al fin y al cabo, a nadie le importaba esa gentuza y para él no valían nada porque nada traían nada en sus cabezas, ni planes, ni esperanzas, sólo hambre y miedo.

Pensaba que estos inmigrantes no iban en búsqueda de un trabajo, de nuevos horizontes, de mejores oportunidades para ellos y sus familias, detrás de una vida mejor.

Para él eran, simple y llanamente, aventureros. Tal era su parecer.

Y así, el nuevo mundo con su ignorancia, su primitivismo, su pobreza, su riqueza, su suciedad, sus mujeres mestizas, sus hijos barrigones, sus gobernantes ladrones, sus policías hambrientos y mal vestidos, su gente buena, sus curas marrulleros, sus calles de tierra, su calor húmedo y pegajoso, su verdor, su impactante belleza se preparaban para aquella multitud de seres con miradas extraviadas, llenas de duda, de incertidumbre, con hambre, con maldad, con temor.

En tal tropel llegó de todo. Cuanto bicho pudo embarcarse, lo hizo. Se encaramaron en el inseguro barco sin siquiera saber su destino o donde caerían, cómo eran sus habitantes, qué idioma se hablaba.

Todo consistía en salir como fuese de aquel infierno que olía a podrido, miseria, pólvora, humo, maldad y pecado. ¿Qué no llegó en esa colosal oleada! Proxenetas, violadores, asesinos, estafadores, ladrones, falsificadores, traidores, perseguidos, perseguidores, homosexuales, prostitutas, ateos, judíos, avaros, comunistas, curas delincuentes, rabinos asesinos, árabes, mafiosos y pare usted de contar, todos traían disciplina para ejercer con probidad sus respectivos oficios.

De este otro lado del mundo gente con mirada lánguida y cara de estúpidos, ignorantes de lo que estaba pasando, no alcanzaban a comprender de dónde venían y por qué se estaba bajando ese raro gentío de ese y otros tantos barcos que recalaban con frecuencia en el puerto.

Pelirrojos, pelirrubios, calvos, catires, colorados, barbudos, peludos, algunos muy altos, mujeres blancas como la leche, niños tristes enmohecidos y atontados por casi un mes de bamboleo en un barco cuyo uso primitivo fue para la guerra, habilitado luego para cargar animales y ahora para sacar a esa gente con sus petacas y sus dolores de un continente destruido.

Bajaban la rampa mirando de un lado a otro y tocaban tierra mareados con una idiota sonrisa y haciendo gestos que querían ser saludos. Al bajar a tierra eran arreadas como animales por un policía armado, vestido de kaki, pantalones chucutos y alpargatas, hacia una taquilla donde esperaban los funcionarios de aduana e inmigración.

Los burócratas, torpes e ignorantes, no acostumbrados a ese tipo de faena, veían con sorna y extrañeza aquella barahúnda. Tanta gente junta y no se oía nada de ruido.

—¡Qué cosa tan rara! —Comentaban.

Cuando allá en sus pueblos, tres pelagatos reunidos, armaban tal barullo, desorden y gritería que se oía a dos cuadras, y este gentío hediondo, barbado, despeinado y sucio, hablando lenguas raras, no hacían ningún escándalo.

"Bueno, vamos a ver qué pasa", era el pensar del nativo.

Después de chequear y revisar minuciosamente tanto papel y documento extraño, los empleados estaban agotados.

Casi sin comer durante toda la jornada, el calor sofocante y aquella gente maloliente los llevaba a los límites de la desesperación. Y todavía quedaba por chequear la fila de "los musiues"[1] —como ya comenzaban a llamar a los extranjeros—, que era bastante larga.

Los recién llegados esperaban su turno estoicamente, quizás con más hambre y sed que todos, pero calladitos, sentados sobre sus maletas, recostados o tirados aquí y allá, sudando y ahogándose en aquellos cuartos sin ventilación, construidos para atender otros menesteres y ahora habilitados abruptamente para albergar a cientos de personas.

El jefe de la Aduana, hombre grueso, mulato, bruto y de mal carácter, se sentía agotado y echaba chispas.

—¡A mí no me pagan para ser un esclavo! ¡Que se jodan! —Gritó a todos los empleados.

Miró con desprecio la interminable fila, desesperado y sin pensarlo dijo:

—¡No me vengan con mierdas! —Resopló—. Dejen pasar a toda esa gente sin revisar nada, pónganle los sellos que sean,

---

[1] "Musiú": Vocablo popular usado en Venezuela para designar a los extranjeros sin distinción de origen.

caigan como caigan y pa'dentro ¡y el que diga algo a los superiores lo jodo! ¡Vamos a matar rápido este trabajito y nos vamos a beber unos tragos en el bar de Cucho! —Exclamó.

Los subalternos gritaron de alborozo y en minutos aquella sala antes atestada ahora estaba desierta, como si por ella nunca hubiese pasado un ser humano en veinte años.

En un apartado rincón se veía un bulto abandonado, un empleado lo recogió y con sigilo lo abrió, unos billetes rarísimos, un pasaporte de Turquía, una foto que era casi toda nariz, nacido en Siria, otro país según él creía, pero el pasaporte decía Turquía.

"Bueno —se dijo—. Voy a guardar esta vaina por si aparece el turco, el árabe o quien sea y le pido pa'los cigarros".

Se lo introdujo en uno de los bolsillos y salió silbando, arrastrando un pie.

CAPÍTULO III

UNOS GUARDIAS VESTIDOS de verde, malencarados y armados con fusiles, reagruparon como pudieron a los viajeros que se veían más atolondrados y confundidos. Algunos lloraban, la mayoría miraba y escuchaba sin entender nada lo que hablaban los funcionarios del gobierno.

Por allá uno de ellos comentó a su compañero:

—¡Carajo! ¡Pero qué hambre tengo! —dijo y, de seguidas:

—¡Epa! ¿Y esa gente habrá comido?

—¡Señores! —Dirigiéndose al grupo—: ¿Ustedes ya comieron?

La masa amorfa, atontada, se miraba, los unos a los otros sin saber que responder. Por fin uno de ellos habló:

—¡No señor! Desde ayer, el capitán no nos ha dado de comer.

Un guardia, que parecía ser el jefe exclamó:

—¡Coño, qué bolas! ¡Busquen al hijo de puta del capitán de este barco y me lo traen!

Al rato los subalternos trajeron en volandas a un tipo de cabeza rapada, grueso, corpulento, rubio y esquivo, que no hablaba el idioma.

No parecía asustado y eso que varios guardias armados lo rodeaban y miraban con recelo. Mediante elementales señas el guardia le preguntó por la comida de los pasajeros, el capitán se pasó con fuerza la mano por el pescuezo y gritó algo así como: "¡RAZZ TRACK!"

Nadie entendió hasta que uno de los viajeros logró traducir, era alemán, y el significado del gesto era: "La comida se acabó".

—¡Qué vaina! Ahora: ¿cómo hago yo con este gentío muerto de hambre? ¡Qué peo! ¡Suelten a ese musiu y que se vaya al infierno con su barco ahora mismo!

—¿Cuantos son?

—¡Doscientos treinta y seis señor!

—¡A mamársela!

—¡La mitad del pueblo!

—¿Qué hora es?

—¡Las cuatro y media señor!

—Bueno, ¡se me van todos ustedes a la playa y decomisan todo el pescado que vaya llegando y pescador que se oponga o la chille me lo meten preso!

—¡Llevan eso al cuartel y que lo cocinen todo! —Ordenaba sin parar—. Busquen plátanos verdes, arepa, lo que sea y esté listo en una hora Yo me voy a pata arreando a este gentío hasta el cuartel.

De pronto se fijó en algo que le llamó la atención.

—¡Coño, tú! —Señalando a un soldado que se metía los dedos en la nariz—. ¡Pero por lo menos busquen unos tobos con agua limpia para que esta pobre gente beba y mate la sed! Ustedes parecen animales que no saben tratar al público. ¡Qué vaina!

Pasado un rato, ya hartos de agua con clavitos y guasarapos, el teniente encabezó su marcha de hambrientos a través del pueblo, cargados de cajas y maletas.

Pasaban caminando entre la gente que los miraban azorados y comentaban:

—¡Son presos! — decían unos.

—¡No, son cubanos! —opinaban otros.

—No, son musius que vienen a trabajar.

—¡Ajá! ¿Y esos niños? —preguntó uno.

—¿Y esas mujeres? —se interesó otro.

—¡Esas son putas que mandaron a traer de Italia porque las de aquí no dan la talla! —Gritó un borrachito que pasaba su mona debajo de una palmera.

El jolgorio no se hizo esperar, hasta el teniente rió de buena gana.

"¿Y quién dijo que no?", pensó para sus adentros.

Al rato, una legión de mandíbulas devoraba cientos de kilos de pescado frito, yuca, plátano sancochado, cosas nunca vistas por ellos. Pelotas de harina de maíz llamadas arepas, desconocidas, pero que sabían bien, mitigaba el hambre. No cesaban de comer, algunos escondían en sus maletas trozos de comida quizás temiendo la escasez del mañana.

Y como ocurre en el trópico: sin aviso, casi sin sentirse cayó la tarde.

La brisa del mar comenzó a soplar agradablemente y aquella exuberante puesta de sol hizo brotar lágrimas y suspiros entre los forasteros.

El teniente ya más sereno mandó traer y repartir café para todos, un verdadero lujo para ellos que tenían largo tiempo sin saborearlo. También trajeron cigarrillos y algunos caramelos para los niños, que completaron el festín.

Mientras, la soldadesca tenía puesto el cuartel patas arriba. De los cuartos sacaron los muebles y cachivaches militares, agruparon a familias y les dieron lo que pudieron conseguir para que les sirviera de colchón esa noche. El cuartel tenía dos baños y los dos se taparon de tanta mierda.

—¡Esta gente como que tenía meses sin cagar o sin comer! —Comentó un cabo.

Cuando el oficial se enteró de la novedad, mandó a abrir en el patio varios huecos que cubrieron con tablas, y los rodearon con lonas para que sirvieran de letrinas. Papel higiénico, ni soñarlo, pero esa gente venía de una guerra y sabían mañas ante estos menesteres.

A estas alturas, ya el oficial tenía entablada cierta amistad con una joven italianita, bajo la siempre suspicaz mirada de sus padres, que a cada rato le gritaban que se acercara al grupo familiar. Pero parecía que a la "musiuita" le gustaba la vaina, el jueguito con el militar.

Y así la tarde se hizo noche y los gatos comenzaron a ponerse pardos y el grupo fue acomodándose como pudo.

Cojines, colchonetas, cartones, periódicos, trapos viejos, todo servía para hacer una piltra y pasar la noche.

Las luces se apagaron y no se tardó en oír una mezcla de respiraciones pausadas, silencio, ronquidos, el único que no lograba conciliar el sueño aún cuando tenía veinte horas de trabajo encima, era el tenientico.

Sentía la libido alta, no cesaba de pensar en el cuerpo blanco y gordito de la muchacha.

Bañándose se masturbó pensando en ella y desnudo se tiró en la cama. Durante unos minutos durmió profundamente.

Despertó al rato sobresaltado, azorado, palpitante, el cuerpo hirviente, se levantó y caminó hacia los recién creados dormitorios. El soldado de guardia le saludó. Entró.

La luz de la luna se filtraba y permitía ver bultos de cuerpos. Como sonámbulo pasó mirando unos y otros. Se detuvo frente a uno de ellos y con la punta de la bota lo golpeó suavemente, la muchacha dejó ver su rostro, él le cruzó una seña.

Salió asustado. ¿Qué carajo estaba haciendo allí? Se sentía como poseído, ruin. Se alejó hacia los cocotales. Al rato regresó, huraño.

—¡Tráeme un litro de ron que está en la mesa de mi cuarto! —Le gritó al soldado.

Este salió disparado y regresó con el pedido.

Miró a su jefe, y no le gustó lo que vio en su cara. Lo notaba desde rato atrás algo chalado. Se alejó rápido, no fuera a tomárselas con él.

Destapó la botella, caminó hacia la playa. Ruidosamente bebió un buen trago, luego otro y otro.

Dio un salto, sorprendido, cuando a su lado vio a la muchacha, que le hizo un ligero saludo.

Caminaron por la playa, él hablaba, ella oía sin entender. Repentinamente se volteó hacia ella, la tomó por la cintura, besándola con pasión.

Ella no tenía reacción alguna ante aquel torbellino de besos y caricias.

Sin mayor oposición, la desnudó. Él, mágicamente, se desprendió de la pesada y ruda indumentaria.

Suavemente la tumbó sobre las blancas arenas.

Ella sintió como si un afilado puñal la penetraba, lacerando sus entrañas.

Abrió la boca desmesuradamente para tomar aire, gritar y sólo fue presa de otra boca que le succionaba la saliva, el aire, los labios, mordía sus dientes. Soportó el impetuoso estrujamiento, cautiva de aquellos brazos. Su cuerpo inerme y su mente vaga fueron como poseídas por olas descomunales que se estrellaban contra el barco una y otra vez.

Luego el mar serenándose y el agua que chorreaba por la cubierta. Soñaba despierta, se sentía llena, húmeda.

El macho se levantó extenuado, mitigada su lujuria, de un jalón la puso de pie y la observó: Le maravilló su color, sus senos duros y grandes, su candor, su inocencia.

Volvió a abrazarla y besarla y, como endemoniado, la poseyó una y otra vez, no tenía otro idioma para comunicarse.

Comenzaba a clarear cuando despertaron. Ella, atemorizada, miró hacia las barracas como esperando ver la figura de su padre, pero él la tranquilizó con un ademán.

Se vistieron y la condujo por unos pasillos hasta la cocina, donde ya varias mujeres trabajaban animadamente.

—¡Pongan a ésta a hacer algo que anda por allí paseándose como el judío errante! —Ordenó el militar.

Ella entendió la jugarreta y sonrió.

El se fue a su habitación, estaba alegre, muy cansado, pero satisfecho.

Se acostó en el suelo poniéndose un cigarrillo entre los labios, evocó el maravilloso cuerpo de la moza.

"¿Y ahora qué?", se preguntó.

Tal como estaba, llamó a un soldado:

—¡Que toquen la diana para que se terminen de levantar los musiús!

Al rato, todo era vida, agitación, movimiento y voces extrañas.

El padre de la muchacha, al no verla a su lado comenzó a llamarla desesperadamente:

—¡La mia figlia, la mia figlia!

El guardia apostado en la puerta, ya preparado por su jefe lo calmó y le indicó en dirección a la cocina.

Agarró a su mujer y hacia allá corrieron.

Lanzaron un suspiro de alegría: su bella hija estaba lavando trastes, llena de espuma de jabón y con una gran cuchara en la mano, se les acercó y los beso cariñosamente.

Hablaron unos minutos y se alejaron tranquilos.

El engaño había funcionado.

Después del aseo y darles de comer, los embarcaron a todos en viejos autobuses que los llevarían a la capital donde serían reubicados en fondas y pensiones. El gobierno les daría algo de dinero, algunas orientaciones de trabajo y, en adelante, que cada cual se las arreglara como pudiera.

El teniente se aseguró de saber en cuál autobús embarcaría su moza y preparaba el jeep para escoltarla.

En el momento en que la muchacha trataba de trepar la escalinata del bus, un animoso soldado se le acercó amable, sonriente, presto a ayudarla. El teniente lo pescó al instante lanzándole una mirada de celos asesinos. Le llamó y le espetó:

—¡Conque dándoselas de Porfirio Rubirosa! ¡Deje que regrese de la capital para que aprenda a ser Romeo!

Lo dijo con odio, pero con voz suave y contenida.

El pobre soldadito palideció y se esfumó.

—Un error lo comete cualquiera. —Se decía—. Pero éste... —Lloraba en la barraca y maldecía su suerte— ¡Venir a meterme con la noviecita de ese teniente que lo que está es "empepao"! ¡Se jodieron mis días de permiso! ¡Y yo que tenía en salsa a la Romualda! —Seguía lamentándose tristemente, dándose golpes en la cabeza.

Mientras, la joven ocupó su asiento y a través del cristal miraba furtivamente, contenta y complacida a su temprana y valiosa conquista. Tampoco le entregó su virginidad a un palurdo de pueblo, reconoció.

Se metió la mano en las piernas y tocó su sexo que, sentía, aún goteaba esperma. Ahora conocía el valor de tan pequeño pedazo de carne.

Al ver la reacción de su amante ante el gesto amable del soldado, comenzaba también a comprender porqué allá en su lejana Sicilia, los hombres se mataban entre sí por una mujer.

Los celos, las dudas, la honra, la infidelidad eran cuestiones de vida o muerte. Y aquí las cosas parecían iguales o quizás peores, pensó.

Ahora era cuestión de ver cómo sacarle a ese don que Dios le había dado, el mayor de los provechos. Recién llegaba a un país extraño y con sus padres algo mayores y necesitados.

Con la malicia propia de su género volvió a tocarse el sexo y le dio dos palmaditas. La madre, desde el otro asiento, mosqueada al ver que su hija reía sola, le gritó algo. Ella frunció el ceño y miró hacia fuera.

Allá abajo estaba el tenientico, sudando abundantemente bajo los rayos de un tórrido sol, sentado en su jeep, esperando que el bus arrancara para correr tras las blancas y redondas nalgas de aquella italianita.

Estaban tentando las manos de un incierto destino.

CAPÍTULO IV

ENTRE AQUEL HERVIDERO de gente que recaló ese día en el puerto sudamericano, había un grupo familiar que se distinguía del resto.

Lo constituía una pareja sesentona: Dos hijos, varón y hembra, con par de nietos. El viejo y el hijo eran médicos, veteranos de las guerras europeas.

Pertenecían a una clase pudiente del Norte de Italia y en verdad era difícil imaginar las razones que los animaron a aventurarse a un mundo desconocido y salvaje como aquél.

Después de sufrir todas las incomodidades como los demás y tan pronto los alojaron al llegar a la capital en una posada del centro, un guardia los condujo a la Oficina de Colonización. El trato, ahora, era de mayor respeto y decencia.

Luego de una breve entrevista con un alto comisionado, los llevaron a otras dependencias del gobierno dedicadas a la salud, con el fin de que se familiarizaran lo antes posible con los asuntos que deberían tratar en el futuro.

Así pues, dotados de la documentación necesaria, un mes de sueldo por adelantado y sin más preámbulo, se les notificó que en la madrugada pasaría un auto a recogerlos para trasladarlos al interior del país, donde seria su lugar de residencia y puesto de trabajo.

Esa noche durmieron mal. Hasta altas horas de la noche, permanecieron hablando en su extraña lengua, en tono elevado, como si mutuamente estuviesen reprochándose algo.

El clima casi frío de la madrugada los mantuvo en alerta hasta que un vehículo oficial los recogió y comenzaron su largo viaje.

Estarían en los días venideros atravesando un país cuyas carreteras eran más bien caminos y donde la maleza amenazaba con cortar el paso.

Sus ojos sorprendidos iban percatándose de lo grande y hermoso de la región: todo verde, salvaje, montañas, valles con casitas de barro muy distanciadas entre una y otra. Un país casi deshabitado, muy de vez en cuando avistaban una recua de burros cargados de frutos, gallinas, pavos y cerdos, casi ningún otro carro transitaba aquellas carreteras.

Cayendo la noche, se detuvieron en una vieja casucha que hacía las veces de fonda, donde les ofrecieron comida caliente y hamacas para dormir. Eran espiados por los lugareños como si fueran bichos raros.

Los niños de barriga brillante y abultada los atisbaban escondidos tras las puertas y en los rincones y se les oía cuchichear y reír con ganas pero en sordina.

Después de un copioso desayuno retomaron el camino. Al segundo día, ya bien entrada la tarde, arribaron a un pueblecito de casas con techos de tejas que estaba encaramado en una nublada serranía.

Fueron alojados en la única casa decente que podía servirles de hospedaje.

El guía militar que los acompañaba salió en busca del jefe del caserío a quien encontró en un rancho de bahareque casi a las afueras del pueblo.

Hombre cuarentón, campesino, sucio y barbado, se mecía adormilado por el suave ronroneo de una deshilachada hamaca, con la barriga al aire, después de haber despachado medio canal de chivo asado con arepas.

Alertado por los ruidos cercanos se espabiló. Enderezó y buscó acomodo cuando vio a los guardias llegar. Se rascó la barriga y eructó rudamente.

Sin mediar saludo el guardia le habló toscamente:

—Ahí le traje a los "dotores" que se van a encargar de la medicatura —le dijo—. Y vienen directo con órdenes del gran jefe —agregó, refiriéndose al Presidente y cruel dictador de turno.

El jefe del caserío no le contestó.

—¡Así que vea cómo le hace para acomodarlos y darles el trato que se merecen! —Continuó diciendo el soldado. —No hablan español y usted será el encargado de resolverles todo hasta que de la capital del Estado le den otras instrucciones.

Sin entender nada de lo que le dijeron, el hombre se levantó, abrochó su camisa y se dispuso acompañarlos no sin antes apurar un buche de café negro, cerrero, y terciarse sus pertrechos y armas que una triste mujer le trajo, sumisa.

—¿Me voy en el burro, o me va a llevar usted en el jeep? —Preguntó.

—¡Lléveselo! ¡Que le hará falta! —respondió el guardia.

Al rato, todos reunidos en lo que aparentaba ser la comisaría, fueron presentados y el guardia entregó al jefe civil papeles y órdenes que debía cumplir a rajatabla.

El tono seco y autoritario incomodó un poco al hombre que tenía en un lado del cinto su revólver y del otro un amolado machete.

Pero no contestó nada. Se limitó a mirar fríamente al guardia y luego al grupo de "musiús" que le habían traído.

Se les pareció a un nido de ratones blancos y amarillos.

—¡Carajo! —Exclamó—. ¡Y yo que creía haber visto suficientes vainas en la vida!

La noticia cundió por toda la región:

—¡Llegaron los "musiús"! Los mandó el que usted sabe...

Murmullos, chismes, habladurías... y se abrió la medicatura. Blanca, pobre pero aseada, y comenzaron a llegar enfermos de los distintos caseríos.

Sacar muelas, espinas, tratar vómitos, diarreas, fiebres tropicales, mordeduras de serpientes, alacranes, coceados de bestias, corneados, heridos de cuchillos y machetes a montones, sarnas, sabañones, piojos, niguas y toda esa gama de enfermedades de los desamparados y olvidados de Dios.

Y la gente vio que los "musiús" sabían y estaban ayudándolos. Ellos, en medio de su pobreza, eran agradecidos: Gordas gallinas, hermosos pavos, aguacates, chirimoyas, café, cochinos y hasta un becerro les fueron traidos como presentes a los médicos desde los rincones más apartados del lugar.

El idioma ya estaba dejando de ser una barrera. Los extranjeros, astutos, se buscaron una maestra que les enseñara y al poco tiempo lo dominaban con fluidez. Pero los problemas entre ellos comenzaron o, mejor dicho, se agravaron. Porque si algo era seguro es que la pareja de viejos ya venía cabreada desde que se embarcaron en su lejana tierra. Y no hacían nada por ocultarlo. La causa de tales peleas, todos se la llevaron a la tumba porque hasta hoy, nunca se ha sabido qué fue lo que hizo que el viejo doctor se quedara solo en aquel aislado pueblo y todos los demás regresaran a la capital. Muy poco se verían en el futuro, quizás un par de veces en un periodo de veinte y tantos años.

CAPÍTULO V

PARA FINALES DE mil novecientos cuarenta y ocho el viejo médico, que a la sazón tendría unos cincuenta y siete años, fue trasladado a otro pueblo más grande por orden del gobierno.

Su condición económica había mejorado notablemente. Un buen sueldo, pocos gastos y la costumbre de la previsión, el ahorro, práctica común en él, lo transformó en un hombre solvente.

Conoció a otros compatriotas médicos, veterinarios, agricultores, ganaderos y comerciantes y la vida se les hizo más amena y llevadera. Hasta compartían entre ellos maquinitas manuales traídas de Italia para hacer sus famosas pastas con harina de trigo, que para la época se desconocía en el país.

Sus casas llegaron a ser famosas por los olores raros y apetitosos de sus comidas y ver en sus cocinas largas tiras de harinas colgadas que ellos llamaban *espaguetis* y los nativos las llamaban "lombrices".

—¡Lombrices, comen los "musiús" —comentaban los palurdos.

Animado por sus paisanos, el viejo médico compró unas buenas tierras y se dispuso a fomentarlas. Al parecer, comenzaba olvidar la promesa hecha a sus familiares de regresar tan pronto como tuviesen algo de dinero a su pueblo natal y poder reconstruir sus propiedades, que habían sido devastadas durante la guerra: Tiempo y olvido.

A su prolongada edad, solitario en aquellos montes salvajes de Dios, volvía a sentirse joven y animado, quizás porque casi todo lo que le rodeaba era juventud. Gente vieja, había muy poca en aquellos parajes.

Y era verdad, en aquel país casi todos sus habitantes eran jóvenes, nunca habían tenido guerras, ni pestes, ni asesinatos en masa, ni hambrunas, las mujeres eran paridoras. Prácticamente, aquello era un paraíso, comparado con el lugar de donde provenían.

CAPÍTULO VI

EN LAS AFUERAS del pueblo, por una angosta vereda, se llegaba a un ranchito de techo de torta —barro mezclado con paja y agua—, cuyos huecos en las paredes dejaban ver los costillares.

Vivía allí una muchacha de unos diecinueve años, morena, bonita de buen cuerpo, abandonada por un hombre que le dejó dos hijos y se marchó, muy fresco, a buscar otro rumbo para no volver jamás, cosa esta muy común para la época.

La pobreza, la ignorancia, el descuido y el caciquismo, llevaban a los hombres a tener varias mujeres, queridas, amantes y concubinas, con muchos hijos.

De tal manera que estas niñas crecían presas del hambre, los maltratos y las vejaciones, y con frecuencia cometían el error de irse con el primer hombre que se lo ofreciera, pensando que de esa forma iban a solucionar el problema, cuando en realidad se creaba otro más grave y peliagudo.

La condición familiar en el país era un verdadero desastre. A nadie le importaba preñar una mujer y abandonarla con sus hijos. Se veía como algo natural.

La pobreza en los campesinos se enquistó y los hijos sin padres llenaron los pueblos. Mujeres con cinco hijos, todos de padres distintos, se consideraba normal y hasta bien visto.

Amalia se llamaba la muchacha. Estaba en cuclillas, con la falda recogida entre las bien torneadas piernas, fuera del rancho, a cielo abierto y cocinaba unas arepas sobre el budare, el que descansaba sobre tres grandes piedras.

Soplaba y avivaba las brasas, mientras sus dos niños famélicos miraban ansiosamente la puesta apunto de la humilde comida.

En esas condiciones la encontraron los dos médicos italianos cuando llegaron a su rancho.

Los mocosos, varón y hembra, corrieron asustados a cobijarse entre las piernas de su madre, que los apretó contra sí, alarmada de ver tales personajes en su pobre rancho.

Saludó con pena y fijó la mirada en el crepitar de las llamas que amenazaban con quemar las arepas.

—¡Mamá, mamá! —Le gritó la hembrita, asustada—. ¡Mira las arepas!

Se agachó y las volteó diestramente, retiró los tizones encendidos y siguió mirando las rojas brasas.

Tomando la palabra, habló el amigo del viejo doctor:

—Amalia: como tú has trabajado en mi casa, te conozco. El doctor —dijo, señalando al viejo —necesita de alguien que lo ayude en la medicatura cuando la enfermera esté ausente, que es casi siempre —agregó—. Te va a pagar. Los niños, puedes llevarlos contigo, te dará un cuarto y la comida.

La joven lo miró, interesada.

—Si te gusta la oferta, te mudas ahora mismo –dijo el amigo del viejo doctor.

A partir de entonces Amalia, sin imaginarlo siquiera, con su decisión comenzaba a hacerle el juego al destino.

Recogió los pocos y raídos trapos que poseían y algunas cosillas más de los niños. Arrebujó todo en un pequeño saco de lona y comenzaron en fila india a desandar el pedregoso camino hacia el pueblo.

Sam Dori rondaba las puertas de este mundo: nacería tiempo después, producto de los amores de un viejo médico bachiche, zafio, con un pasado misterioso, amigo del Duce y que por oscuras razones emigró a América durante la posguerra y de una hembra morena, joven, bonita, ignorante, hambrienta, que habitaba un mísero rancho de un remoto campito del Occidente, abandonada como había sido, esta hermosa mujer, por un hombre perverso que después de meterle dos hijos, un buen día se marchó abandonándolos a su suerte sin compasión alguna.

Al tiempo se corrió la voz, de que el muy desgraciado, tan pronto mejoró su condición monetaria, montó casorio con una citadina y aquellos niños, producto de sus amores rastreros, pasaron al olvido.

Ellos serían los medios hermanos de Sam Dori quienes, recogidos por el médico, integrarían una extraña familia, signada por torcidos derroteros. Un albur implacable, abría a su real gana otras puertas oscuras.

EXEQUIAS POR UN CABALLO

CAPÍTULO I

UNA FRÍA MADRUGADA, entre cantos de gallos y lejanos ladridos de perros, partimos.

Buscaba mi familia otros derroteros en ciudades lejanas. Un viejo flaco, con unas chanclas rotas y mal vestido, un gran cigarro en la boca y escupiendo a cada momento, era quien hacía de chofer del único camión disponible en el pueblo.

Una de las pocas mujeres de servicio que aún quedaban en la casa, con lágrimas en los ojos, nos acercó un gran termo con café y un saquito de tela, lleno de calientes arepas, queso, carne asada y otras cosas.

Dejábamos atrás la vieja casa de campo que durante casi los ocho años de mi corta vida, nos sirvió de alegre morada. Tomaríamos rumbo a la gran ciudad, poco conocida y a la que fui en cortas visitas un par de veces.

Nunca pude imaginarme que con nuestra partida estaba dejando enterrados los únicos momentos felices de mi vida y abriendo una puerta al mismísimo infierno, hacia una calamitosa e infortunada existencia. Porque eso seria mi vida en los próximos cuarenta años.

El polvo del camino penetraba por todos los huecos del destartalado vehículo cargado con nuestros pocos enseres y en donde mi mamá, mi hermanito que dormitaba entre sus piernas y yo, ocupábamos apretujados el único asiento disponible y cuyos resortes nos herían las nalgas.

Soportábamos estoicamente la amarillenta tierra que nos cubría todo el cuerpo, metiéndose en nuestros ojos y orejas, enturbiándonos el pelo y dejando en la boca un sabor a raíces. Fuimos dejando atrás cerros y montañas. Vinieron las tolvaneras, el viento caliente, el calor, el letargo y el sueño. En una cuesta, el carro patina, derrapando entre las piedras. A lo lejos se ven piñales, cardones, cerros azules y tostados cujíes.

Van apareciendo casitas dispersas, blancas, con los esqueletos al aire. Siento náuseas, saco la cabeza y escupo tierra y saliva. Con la noche, se logra ver en la lejanía, un resplandor: estábamos llegando a la gran ciudad.

Capítulo II

Salteados, pero continuos presagios de un oscuro destino se venían manifestando en nuestro hogar. Pero como todas las señales que el creador nos manda, nadie las captó. Más aún, eran inequívocas.

Hoy, años después las veo claramente.

Primero fue un terrible maleficio de los que se conocen en esos campos como "entierro", que postró a mi padre en una cama poniéndolo al borde de la muerte. El hechizo había sido hecho por una amante celosa e intrigante, según mi madre.

A poco una vaca negra mañosa, llamada "Parapara", mientras mi madre trataba de quitarle un cabestro que usaba para amarrarle una pata trasera y poder ordeñarla, pateó sorpresivamente con bestial fuerza empujando hacia atrás la larga vara que sostenía, que se incrustó en la ingle a mi madre.

Durante días veíamos con terror que de su habitación sacaban cubetas llenas de sangre. Se salvó de puro milagro.

Como andaban tan mal las cosas, mis padres decidieron abandonar el pueblo. Engañados por un pillo cuñado de mi madre, apodado "Juancholazo", los animó comprar por un alto precio, una modesta casita en la ciudad, en un barrio de mala muerte.

Y se iniciaron los preparativos propios del viaje y con ellos los sucesos que hoy, cincuenta años después, me siguen llenando de pánico, estupor, tristeza y hacen que las lágrimas aneguen mis ojos.

Un profundo dolor doblega mi alma y el sin sentido de la vida cobra un significado mayor.

Los muchos gatos que teníamos, perennes habitantes de la casa, un día desaparecieron huyendo misteriosamente sin razón alguna.

Mi perro, que crié desde que había nacido, un día amaneció muerto sin saber de qué. Cuentan los trabajadores que por las noches lo oían aullar y correr como loco a esconderse entre los montes.

Y fue mi caballo, ese caballo blanco y marrón el que me dio la señal más vívida, luminosa y patética, pero yo no la ví.

Capítulo III

Dos años antes, durante las celebraciones de unas fiestas en un pueblo cercano —la tarde de toros coleados—, se presentó al concurso un hombre a quien nadie conocía.

Venía solo, bien armado y llevaba un fino sombrero. Montaba una hermosa yegua cobriza acompañada de un brioso potrillo.

Borrachos tambaleantes, gritos, muchachas vestidas con primarios colores, olor a monte y pachuli barato, tarantines de ruleta, bingo, tiovivos, humo de carne asada, música ranchera mezclada con la criolla, un par de policías en alpargatas con pantalones encogidos y ceño fruncido, viendo a todos los lados para ver a quién soltarle un tiro o un peinillazo.

La fiesta estaba en su apogeo.

Por un altavoz se oyó una voz ronca perifonear:

—¡Cacho en la manga! ¡Cacho en la manga!

Un temible toro negro, de terrible estampa, corría velozmente por la manga de palos seguido por un grupo de jinetes.

La yegua con su desconocido cabalgante, partió bien. Este, con destreza y acostándose sobre la montura, tomó el rabo del toro. Justo en ese momento el potrillo, apartado oportunamente por su dueño en un pequeño corral cercano a la manga, saltó la baranda escapándose y corrió tras las bestias persiguiendo el olor de la madre.

Desesperado, lo consiguió. Logró pegarse a ella en medio de aquel tropel de brutos. Gentes también salvajes se agrupaban, rodeando los animales arriesgando sus vidas en una plaza de palos mal amarrados y hecha un lodazal. Era un rudo deporte que atraía a los bárbaros habitantes de la región.

El jinete, sin soltar el rabo del toro, torció todo su cuerpo sobre el lado contrario de la silla y jaló con fuerza. El toro cayó mal. Presto, se levantó furioso, los ojos ensangrentados, el hocico espumoso, embistiendo con odio y brutal fuerza todo lo que encontraba a su paso.

Pudo en su loco cabeceo, enganchar al inocente potrillo por la panza. Tan violento fue el golpe que el animalito voló por los aires y cayó casi sin vida a varios metros de la madre.

La yegua miró como con ojos desorbitados, como si la sorprendiese ver cómo una mala y prematura muerte le arropaba a su hijo.

Babeante, borbotones de sangre, tripas, hígado disperso en el barro. El público miraba complacido la escena y sonreía con crueldad.

Acercándose, el dueño vio el triste espectáculo. La madre relinchaba, triste y quejosamente, viendo como su hijito que aún amamantaba, movía temblorosamente las patas traseras y entreabría los aguados ojos.

—¡Coño! ¡Me jodió al potro! —Gritó el jinete—. ¡Me voy de éste maldito pueblo!

Espoleó a la bestia, blasfemando en voz alta, y a todo galope se alejó perdiéndose para siempre entre los tupidos y lejanos matorrales que bordeaban el camino.

CAPÍTULO IV

MI PADRE, JUNTO a un amigo y paisano, acudía a la feria para comprar buenos animales que exponían diversos criadores venidos de lejanos lugares. Vieron la escena y se acercaron. Médico uno, veterinario el otro, revisaron la horrible herida que tenía el potrillo.

—Creo que se puede salvar —dijo el veterinario—, si lo tratamos a tiempo.

Con ayuda de algunos hombres, arrastraron al animal hasta la camioneta y lo llevaron a la finca, donde con sapiencia lograron meterle las vísceras y suturar la enorme herida.

La recuperación fue lenta, pero todo parecía indicar que el potro iba a sobrevivir.

Y fue en esos tiempos que, acompañando a mi padre en uno de sus viajes, conocí al potrillo.

Sólo puedo recordar que aquella primera vez nos miramos largamente. Todavía una pata trasera no tocaba el suelo. Estaba triste y con los ojos inexpresivos, pero al verme dio un corto relincho.

Me acerqué, toqué suavemente el hocico, metí los dedos en sus orejas y le besé los ojos.

Estábamos solos en el granero. Bueno, eso fue lo que creí, porque al voltear vi la figura del viejo veterinario que me miraba fijamente.

Salió a buscarme para comer y al no encontrarme cerca, imaginó que estaría en el establo, con el caballo.

Ya en la mesa, ambos hablaron en su idioma, mientras yo degustaba un humeante plato de pasta, pensando en el potro.

Los dos hombres viejos, veteranos, se estaban fijando en mí con insistencia.

—Sam —dijo mi padre—, hemos decidido regalarte el caballo. Hoy nos lo llevaremos con sumo cuidado para nuestra casa, pero debes prometer cuidar su herida a diario de lo contrario seguro moriría —recalcó.

Pero el que estaba a punto de morir era yo, atragantado por el bocado, de tanta que era la alegría y la emoción que tal noticia me produjo.

Un tortuoso viaje de tres horas por caminos llenos de baches, resultaba doloroso para todos. Ver al potrillo tratar de mantenerse erguido en tres patas y con tanta saltaneja, nos mantenía angustiados. Al final cayó y quedo inmóvil.

Por suerte la herida no se abrió y no pasamos de un gran susto. Tan pronto llegamos, con ayuda de algunos peones, lo acomodamos en un establo cercano a la casa.

No había momento del día que no compartiese con el caballito. Tan pronto llegaba de la escuela permanecía en su compañía hasta la hora de ir a dormir. Se había transformado en una obsesión para mí.

A escondidas le daba azúcar, sal, arepas, galletas, todo lo que podía robar de la casa, y el potrillo comía confiadamente de mis manos. Hasta aprendió a beber café.

Mis notas, descuidados los estudios por estar cerca del potrillo, se fueron a pique y llegaron al fondo y el castigo no se hizo esperar: consistía en separarme del caballo. Nunca hubo tragedia más grande en mi vida.

Furtivamente lo visitaba en las noches, cuando todos dormían, y al amanecer cuando las cocineras entre ruidos de ollas y molinos me despertaban.

Ya para cuando las notas mejoraron, el animal estaba plenamente restablecido. Pero tuvo que pasar un año hasta que pude ponerle la silla y montarlo.

Ni en ese momento ni nunca se encabritó o dio muestras de desagrado. Igual si lo montaba a pelo, con una simple manta o con todos sus aperos, con freno o sin él con mecate o libre siempre fue un animal dócil, noble y seguro.

Sólo existía un problema: ningún otro lo podía montar. Ni mis hermanos, ni los obreros, nadie se atrevían a hacerlo. De sólo ver que alguien se acercaba y pretendía lazarlo —mucho menos ensillarlo—, se encabritaba, y entre furias y relinchos se perdía entre los montes por el resto del día o tenía que salir yo a buscarlo.

Por las mañanas iba a la escuela en mi caballo y tanto corría por las calles del pueblo que las vecinas y amigas de mi madre, a cada rato le llegaban con el chisme:

—Que Sam se va a matar con ese caballo, que es el puro demonio, que patea a quien se le acerque —le decían, puras quejas y regaños.

Los otros lamentos venían de las cocineras.

—Sam: amarra ese animal que se bebió todo el café, que se comió las arepas...

—¿Cómo hace ese bicho para abrir la puerta de la cocina si yo le puse la tranca? —Gritaba, rabiosa una de ellas.

La verdad era que el caballo había adoptado el vicio del café. Su olor lo enloquecía y, obligado, tenía que darle aunque fuese la coladura.

Vida y gusto se daba cuando era la época de recolección del fruto: se comía la planta, el grano verde o maduro y además se bebía el que cocinaban los trabajadores.

Pienso que sólo mi madre le hacía competencia por el gusto al café.

CAPÍTULO V

TRANSCURRIDO ALGO MÁS de un año conmigo, el caballo empezó a presentar un abultamiento en la región donde había sido corneado.

Primero se veía como una pelota de béisbol, pero luego creció hasta hacerse del tamaño de un gran melón.

Me invadió un miedo terrible. Temía que la gran bola reventara y muriera. Ese acuciante y trágico pensamiento me hacía saltar de la cama en mitad de la noche.

Viendo mi papá mi raro estado, como consecuencia de los temores por la salud del animal, trajo nuevamente a su amigo veterinario y lo examinaron detenidamente.

Cosa extraña: el caballo se dejó palpar y apretujar por los dos hombres mientras yo cariñosamente le sostenía la cabeza.

Una membrana interna se había roto y ahora sus vísceras estaban protegidas sólo por la piel, lo vieron correr y su preocupación disminuyó.

—Sam —me dijeron—, ahora se trata de que no se lastime o hiera con alguna espina o metal que rompa su piel, porque sus tripas han perdido protección.

Su cabalgata ahora sonaba diferente aparte del ruido de los cascos al chocar la tierra, la pelota que tenía, al moverse, hacía otro sonido reconocible a la distancia.

Seguía juguetón: me quitaba el sombrero y lo tiraba lejos en el monte, correteaba a los perros por todo el corral, mordisqueaba a los burros, pero lo más gracioso era cómo conocía la hora en que la cocina estaba desocupada, para abrir la puerta y beberse el café.

Alegría era lo que reinaba donde aquel caballo estuviese. Formaba parte de nuestra vida, en especial de la mía. Llenaba mis ratos de ocio y cuando era castigado en un cuarto o puesto a estudiar, ahí estaba él, asomado a la ventana o coceando la puerta.

Anunciarse el viaje a la ciudad y enfermarme fue todo uno. No sé qué mal me atacó. Caí en cama por varios días, con el cuerpo empapado en sudor y una fiebre que me hacía divagar.

Mi padre, no estuvo conmigo. Como quiera, me atendió el doctor del pueblo cercano. Mi enfermedad no detuvo los preparativos. Oía cómo se trabajaba frenéticamente desde el amanecer hasta bien entrada la noche. Recoger, tirar, vender, regalar. Todo un barullo.

Para cuando ya pude levantarme y caminar sentí que la casa no era la misma. Había perdido forma, calor y sentimiento.

Los obreros fueron despedidos, las cocineras se marcharon. Ratas, ratones y alimañas deambulaban por todos lados, porque hacía tiempo que los gatos habían abandonado la casa.

Era pleno verano y la casa me parecía, triste, sombría y húmeda. Secas cruces de palma bendita, clavadas durante años detrás de las puertas, fueron echadas al olvido y se les tropezaba por el suelo.

Los corrales estaban vacíos, y sólo algunas gallinas cacareaban en el patio.

El roznar lejano de un burro me hizo saltar las lágrimas de los ojos. Entré a la casa. Solitario, acurrucado en un rincón, sintiéndome el ser más infeliz lloré, profundamente desconsolado, lo que me pareció una eternidad de tiempo.

Imploré, como sólo puede hacerlo un niño, al Dios que me habían dado a conocer. Pero mis plegarias no fueron oídas, ni en ese momento ni nunca.

No quería dejar mi casa, mi escuela, mis animales y mucho menos a mi adorado caballo.

—¡Por favor, mi Dios! ¡No dejes que me lleven lejos de él! —suplicaba una y otra vez.

Pero no me oyó.

¡Sordo! ¡Cuán sordo es éste Dios!

CAPÍTULO VI

DESPUNTANDO EL DÍA ya hacía bastante calor. Daba la impresión que pronto se descolgaría un aguacero. Los hombres encargados de la mudanza iban y venían, sudorosos y apresurados. Yo me mantenía por allí, no deseaba hablar ni ver a nadie.

Mi perro recién había muerto y mi caballo tenía varios días en el monte, sin aparecer por ningún lado.

Tarde ya, como a las cinco, ví en una lejana loma su figura que se acercaba lentamente hacia la casa con el pescuezo bajo y cojeando. Con todo y verlo en ese estado, me alegré a medida que se acercaba.

Fui a su encuentro, su cara era la viva tristeza. Tenía un semblante de despedida, de muerte.

Lo abracé, cubriéndolo de besos. Lo conduje a un corral y revisé la bola en el vientre, estaba rota, purulenta. Desesperado, busqué desinfectantes y hurgué con una pequeña vara en la honda herida.

Miríadas de blancos gusanos salieron a borbollones. El dolor le hizo patear el suelo y volteando el cuello hacia mí me lanzó una mirada larga, húmeda.

Una gran estaca, quizás, le habría penetrado produciéndole una herida profunda, la cual se había infectado. Sé que pudo haber llegado a casa antes y con seguridad lo hubiera curado.

¿Por qué entonces dejó pasar tantos días sólo, en el monte? —Me pregunto—. ¿Es que acaso quería morir, igual que yo?

Se acostó sobre un montón de hierba seca. La herida supuraba, olía muy mal, tomé su pesada cabeza y la apoyé sobre mis piernas.

Sus ojos otrora vivos, cobrizos, alegres y pícaros, ahora eran de un gris azuloso, de ese color de ojos que tienen los viejecitos o el de los perritos cachorritos, cuando en triste agonía esperan la muerte.

Sé que quería decirme o expresar algo. Pero no pudo.

Tomó una gran inspiración, la más grande que yo le haya conocido, su barriga se infló y seguidamente murió.

Mantuve su cabeza aún caliente sobre mis piernas por no sé cuánto tiempo. Yo no sentía nada, sólo desolación, una gran tristeza y el alma seca.

Cayó la noche y alguien, compasivo, me levantó del suelo, me condujo a mi habitación y me dormí.

Esa noche soñé con el infierno de los niños.

De madrugada era la partida. Me levanté y decidí darle sepultura a mi caballo. Mi madre quiso imponerse, pero le dije que yo no me iría hasta enterrar a mi amigo. Debí sonar convincente en extremo porque no se opuso.

Llamé a algunos obreros y les pedí que me ayudaran. Ellos buscaron palas y picos e hice arrastrar el cuerpo con un pequeño tractor hasta una gran fosa que para tal efecto les pedí que cavasen.

Lo cubrimos con tierra y cal. Lloré su despedida y me alejé cabizbajo.

La vida se me mostraba severa, cruel. Tal como sería durante los años venideros.

TIEMPOS DE GRIMAS Y GRANUJAS

CAPÍTULO I

TODO ERA SILENCIO en el amplio lote de terreno que rodeaba el pequeño hospital del pueblo. Sólo el "Juaz, juaz" del filoso machete, segando la maleza. Jadeo, sudor corriendo por la espalda desnuda y cobriza del indio enteco.

Calor, monte virgen, hojas cayendo con cada machetazo de un lado y de otro, olores a naranja y a limoneros.

Nadie podía presagiar en aquella paz, que por los aires venía zumbando una maldición, una desgracia para alguien que en esos momentos se cruzara en su camino.

Sam se encontraba a varios metros del indio, con la cara enrojecida a pleno sol, enfrascado en reparar la honda, rota hacía poco, al tratar de atinarle a un bello azulejo que picoteaba las naranjas.

El "ZAZ, ZAZ" del machete, de pronto quedó acallado por un silbido grueso, cortante, que se iba acercando por los cielos muy rápido, penetrando los sentidos.

Algunos pájaros asustados levantaron el vuelo. Un gallo cacareó, dando vueltas sobre sí mismo y alertando las gallinas.

El indio levantó la cabeza hacia donde creía provenía el extraño ruido.

Sam volteó y miró hacia el mismo sitio, para ver qué era lo que surcaba el cielo, acaso una ave negra, una rama, un vampiro extraviado. Nadie sabía lo que era. Se acercaba, raudo, produciendo ese ruido espantoso.

Sam miró cómo el indio soltaba el machete y el garabato, y se llevó las manos a la cara, profirió un grito agudo y se dobló hasta caer de rodillas.

Estupefacto, sin comprender qué le estaba sucediendo, le gritaba a todo gañote:

—¿Qué te pasó?

Las manos y el pecho del indio estaban bañados en sangre. Sam se le acercó y ayudó a levantarlo.

Así, abrazados, con una mano tapándose el ojo herido y la otra apoyándose en Sam, caminaron torpemente hacia la puerta de la enfermería, distante varios metros. Empujaron en vez de halar y ambos cayeron. Repuestos, al fin lograron entrar.

Dentro, en la sala de curas, el viejo médico y la negra enfermera, inclinados sobre una cama batallaban, intentando inyectar a un niño que profería espantosos gritos al ver que una gran jeringa llena de un aceitoso líquido se le acercaba amenazante. Los alaridos aumentaron.

El médico al verlos se separó del grupo para atender al indio quien se quitó la mano de la cara permitiendo así que el ojo saliera de su orbita quedando colgado de un fino hilo de carne.

—¡Mire, doctor! —Dijo.

El niño gritón, al ver aquel horrible espectáculo, calló súbitamente, lo que aprovechó la enfermera para entregárselo a su madre.

Libre la camilla recostaron al indio.

Tijeras en mano, vendas, alcohol algodón, órdenes cortas, pasos apresurados. Sin pérdida de tiempo, el médico cortó el hilillo de carne que sostenía al ojo, haciéndolo rodar por la mejilla del indio hasta detenerse en el cuello.

La enfermera lo tomó con una gasa, colocándolo en una blanca riñonera de peltre donde quedó tembloroso, mirando de lado.

Sam no le quitaba la vista al ojo, hasta que escuchó la voz de su padre, que lo llamaba.

—¡Ven! ¡Date prisa! ¡Ayuda a desvestirlo y lavarlo! ¿No me oyes? —Gritó, y le soltó un manotazo en la cabeza que lo hizo despabilar.

El contenido de la riñonera metálica fue a parar al cesto de la basura donde permaneció por algún rato mirando quién sabe donde.

A Sam le parecía que el horrible ojo tenía vida y juraba que, escapado de la gasa, lo miraba fijamente y hasta buscaba sonreírle. Un gran manojo de desechos médicos lanzado con rudeza por la negra ayudante dentro del cesto de la basura, cubrió de un golpe y definitivamente el ojo.

Sam estaba espantado. Presa de un miedo pavoroso, salió a la calle, buscando un respiro.

Horas después el indio estaba sedado, con vendas en la cara. Su ojo sano había adquirido un aspecto rabioso, siniestro y penetrante y no se sabía con certeza adónde o a quién miraba. Una pastosa sonrisa, enseñaba los dientes cariados.

Su mente, aún nublada por los soporíferos, sólo recordaba algo que venía volando por los aires. Cuando, curioso, levantó la cara hacia el cielo, el trozo de leña negra lanzado por la mano de no se sabe quién, penetró cortante en la cavidad del ojo hasta el fondo y ya adentro, dobló y casi quirúrgicamente lo echó fuera. Lo sacó de cuajo.

Luego vino el dolor agudo, la sangre a borbotones. Soltó el machete, las piernas negándose a sostenerlo y una rara sensación fresca, tibia se apoderaba de él dándole la impresión de que se iba y se iba. Su viaje a las tinieblas fue cortado por los gritos y la llegada tempestiva de Sam, que buscaba levantarlo y arrastrarlo a algún sitio.

Pasadas varias horas de la tragedia, el miserable indio, arropado con una bata blanca, se hallaba sentado en un rincón de la medicatura, disfrutando de un tazón de sopa de pescado caliente que sostenía diestramente entre sus piernas, y algo de casabe que alguna persona piadosa le había traído.

Su rostro hermético no demostraba aflicción, dolor, tristeza, ni nada. Era de un estoicismo llano y vulgar.

Desde otro rincón Sam, atribulado y confuso, se preguntaba una y otra vez:

—¡Dios! ¡Dios! ¿De verdad Tú existes? —Gritaba en su clamor—. ¿Cómo puedes permitir que estas cosas le ocurran a un pobre hombre como éste? —No comprendía.

También le resultaba difícil entender la vida. Pocos momentos antes, una horrible tragedia los estremeció y ahora la víctima sonriendo enseñando sus pocos y podridos dientes, con una modestia, una humildad y una desconcertante sumisión se disponía a devorar un sencillo plato de comida. Sam, arrinconado, se apretó la cabeza con ambas manos, sentía un dolor profundo en las entrañas desconocido para él. Las lágrimas afloraron, brotaron tempestivamente. No podía controlar el llanto. Sentía una extraña y rara emoción ante los hechos ocurridos y lo incomprensible que le resultaba la situación.

Confuso y algo tarambana, enjugándose las lágrimas, no se le ocurrió otra cosa mejor que conseguir un espejo para llevárselo al indio. Trasteó por aquí y por allá hasta dar con uno.Lo limpió con su camisa lo mejor que pudo, acercándoselo sin más al indio, quien se asustó al ver su cara vendada, el pelo cortado y un ojo solitario y siniestro que miró con resignación hacia la esquina donde reposaba el cubo de la basura, como buscando su otro ojo.

Un chorro de lágrimas brotó repentino, dos chorros más y Sam lo abrazó. No intuía la sensación que lo embargaba. Era nueva, profunda, horrible.

Su cuerpo no tenía heridas, sus ojos estaban bien. Pero entonces: ¿por qué aquel dolor?

Estaba sufriendo tontamente una cuota que no le correspondía. Pero no podía evitarlo.

Años después, muchas veces, Sam reconocería esa pelota, ese terrible nudo, esa carrasposa piedra en la garganta que no deja tragar ni respirar, que surge siempre en los momentos de extrema aflicción y de grandes emociones.

Comenzaba ese maldito día a concebir el padecimiento del ser humano llegado a este podrido mundo, sin pedirle su consentimiento ni consultarlo, por voluntad de no se sabe quién, a vivir esta infausta vida.

CAPÍTULO II

LAS LLUVIAS CESARON a finales de julio, pero los ríos, quebradas y riachuelos estaban crecidos y sucios, y el agua arrastraba todo lo que se juntaba en las orillas.

Las grandes lajas, piedras inmensas que otrora sirvieran de trampolín a los alegres bañistas y para asolearse, ni siquiera se veían. Una espesa vegetación de todos los verdes imaginables invadía los caminos y carreteras.

Con todo y eso, no hubo impedimento para que un grupo de soldados comandados por un oficial que llegaran al alejado pueblo, se acantonara en el lote contiguo a la medicatura.

Trabajando como hormigas se les veía cortar la maleza, cercar y armar sus tiendas de campaña. Sacaron sus grandes ollas y bajaron de sus camiones cajas y más cajas.

A los gritos se les impartían órdenes incesantes y los soldados amontonaron todos sus bártulos y trebejos: armas aquí, municiones allá, utensilios y provisiones acullá.

Por la madrugada, un clarinetazo hacía brincar a la soldadesca y sobresaltaba a los vecinos. Algunos, de mal talante, lanzaban palabrotas de todos colores en contra del pobre "trompeta".

Algún soldado encuerado se le veía salir corriendo de algún rancho de zinc vecino y meterse veloz y clandestinamente en su carpa, protegido y celebrado por la grisapa de sus alcahuetes compañeros.

Formarse, izar banderas, frases gritadas sin terminar, entrechoque de tacones.

—¡Presenten... aarr! —los soldados respondían a la orden en posición de firmes y con sus fusiles al frente.

Otra vez el clarín. Hora del rancho, a desayunar. Todos los días la misma rutina.

Sam, cuando podía, escondido tras un matorral, espiaba a aquella gente que a todas luces les parecían medios pendejos, perdiendo su tiempo de esa forma, dando botazos contra el suelo y pegando gritos de locos, habiendo tantas cosas que ver en el río.

En especial a las mujeres bañándose desnudas, jabonarse y poner blanco de espuma el vello púbico, los peludos sobacos y el cabello. Zambullirse y salir con los senos chorreando agua cayendo por los pezones como si fueran dulces cascadas. ¡Eso si que era vida!

Y ahí, estos babiecos recibiendo órdenes de un imbécil colérico que se creía Dios —todo porque unas insignias baladíes le colgaban del pecho—. Eso no era para él, pensaba.

Fastidiado, bostezó. Miró al cielo, a los gigantes árboles advirtiendo que los mangos de las matas cercanas no tardarían en dejarse comer.

Estaban cargadas y sus ramas dobladas amenazaban con quebrarse por el peso de los verdes y carnosos frutos. Sintió una punzada de hambre y se alejó.

CAPÍTULO III

PASADO UN CIERTO tiempo, el indio tuerto volvió a sus labores. Ahora usaba un parche negro y sucio que casi siempre se le corría hasta la mejilla dándole a su cara un aspecto siniestro. Un hueco arriba, con un párpado y pestaña. Abajo el mugriento parche.

Le tomó cariño y respeto a Sam después de su tragedia.

Cada vez que remontaba el río, muy arriba hasta llegar a su tribu, siempre le traía algún presente: A veces un cuero de leopardo, otras veces carne de lapa, un hato de flechas o alguna que otra pepita de oro.

Esa mañana amontonaba ramas, palos, hierbas secas, papeles, basura, colocando todo en el centro del patio. Prendió fuego y con aquel ardiente sol, un ligero viento lo avivó e hizo crecer.

Sam, debajo del mangosal, obstinado, caminaba sin cesar de un lado a otro viendo la manera de tumbar, de bajar aquellos rojizos mangos.

Ya habían dado buena cuenta de los frutos bajos. Ahora sólo quedaban los mejores y a gran altura. Trató de trepar pero a mitad del árbol observó muy cerca de su cabeza un gran avispero, así que regresó. Tampoco pudo unir suficientes palos para hacer una larga vara con que tumbarlos.

Las piedras que logró lanzar no atinaron los jugosos frutos que ya lo estaban enloqueciendo.

De afligido e impaciente pasó a rabioso y decidido. Cuanto traste consiguió, lo arrojó con fiereza contra los mangos quienes como embrujados, protegidos por el dios de los frutos, parecían esquivarlos.

Sin saber porqué se acercó a la fogata que el indio tenía encendida.

Vio unos tizones que le parecieron apropiados para su objetivo y los sacó del fuego.

Con rabia, con fuerza también los avalanzó buscando abatir los ya diabólicos mangos. Ninguno dio en el blanco.

Desesperado, cabreado, con el cuerpo caliente presa del hambre y la sed abandonó su inútil empresa y se retiró molesto a buscar algo más fácil.

Se fue primero al río. Sabía que allá siempre encontraría mujeres lavando ropa y bañándose, alguna le daría algo de comer. Acertó.

Una joven mujer al verlo le sonrió.

Sam ya sentía que las mujeres lo miraban con picardía y cuchicheaban entre ellas, quién sabe qué cosas acerca de él.

Le acercó un buen pedazo de pescado frito con yuca. Con medio cuerpo metido en el agua, se dispuso a degustar placenteramente el rico bocado.

A lo lejos se oían cohetes, como de fiesta, pero a nadie le importó. Rato después, se despidió de las hermosas lavanderas, entró a su casa y miró sobre la mesa los gigantescos panes que traían especialmente para su padre.

Tan grandes y largos eran que Sam metía todo el brazo para sacarle el corazón y no lograba tocar con sus dedos el otro extremo.

Todavía calientes, engulló varios trozos con un vaso de leche. Aún se seguían oyendo a lo lejos ruidos atronadores de cohetes.

"¡Esa fiesta debe estar muy buena! Pero ¿adónde será?", se dijo.

Terminaba de comer, cuando vio que su papá entraba abruptamente por la puerta del comedor. Con la bata blanca todavía puesta, lo acompañaba el estúpido oficial que se pasaba todo el día regañando y mandando a todo el que se le acercara.

Se asustó un poco. Parecía que la cosa era con él. En sus miradas vio al odio, al enojo, al enemigo. Vio la muerte.

¡Caramba! ¿Qué pasaba? ¿Qué ocurría? Se preguntó.

En eso, el indio tuerto entró como una tromba y tambaleante se puso a su lado.

—¡Yo no dije nada, Sam! ¡Yo no dije nada! —Repetía casi con horror.

—¡Saquen a este indio bruto de aquí! —Gritó el oficial a su gente.

Dos soldados entraron y tomándolo por ambos brazos lo echaron fuera.

Sam veía los desnudos y pobres pies del indio balanceándose por los aires sin protestar, dejándose llevar.

CAPÍTULO IV

LOS TIZONES ENCENDIDOS arrojados por Sam hacia los rojizos y esquivos mangos traspasaron, sin intención alguna, ramas y hojas del frondoso árbol yendo a caer, silentes y certe-
ros, sobre los techos de las carpas militares.

Como también los soldados quemaban monte y basura en
su lote, ni el olor del humo ni el rechinar del fuego los alertó.

Sólo cuando la primera explosión de un tambor de gasolina destrozó y tiró por los aires todo lo que estaba cercano, las
caras de asombro de unos, de susto la de otros y de idiotas la
mayoría les hizo comprender que la cuestión era seria.

Siendo tropa reclutada hacía poco, eran campesinos, men-
tecatos y bisoños. Ante estas eventualidades, simplemente no
sabían qué hacer. Así paralizados y atónitos los sorprendió la
segunda explosión más grande y sonora que la primera.

Corrían por todos lados como conejos espantados, algunos todavía con grandes envases llenos de kerosene en sus
manos. Con ellos habían prendido el monte y la basura minutos antes. Pero algo en sus torpes cabezas, aún en plena que-
mazón, les impedía soltarlas, deshacerse de ellas y corrían entre el fuego con aquel líquido inflamable entre sus manos.

Esos fueron los primeros en caer. Una gigantesca mano
de fuego alcanzó a dos de ellos y consumió los envases, incen-
dió sus ropas y sólo los dejó correr unos pocos metros. Cayeron de bruces dando alaridos. Algunos compañeros los arrastraron, zambulléndolos en unos barriles con agua.

Y fue entonces cuando comenzó a arder el depósito de
armas y municiones. Por suerte, casi todos estaban bastante
retirados del incendio y sólo unos cuantos trataban de mover
los pesados camiones. La explosión barrió con las carpas y con
todo el campamento.

El estruendo fue tal que unos mineros ubicados a varios kilómetros de distancia oyeron el ruido y salieron corriendo con
sus pantalonetas chorreando agua hacia el pueblo. Los pertre-

chos y municiones detonaban por efecto del calor y, matra-
queando, salían disparados, y rebotando en todas direcciones.

Gracias a la providencia no hubo víctimas fatales que la-
mentar excepto los soldados con quemaduras algo serias.

Horas después, aplacado por sí mismo el incendio, todo lo
que quedaba del campamento eran cenizas.

Abatido, sentado sobre una piedra, el oficial miraba la debacle. Un tufo de pólvora, plástico y comida chamuscada enra-
recía el aire.

La gente, curiosa y ávida de salir del letargo pueblerino,
abandonó sus quehaceres y se arremolinó para ver el desastre,
todavía con miedo porque de vez en cuando sonaba uno que
otro tiro cuya bala quién sabe adónde podía ir a parar.

Una de las putas del pueblo salió de su rancho con una toalla enrollada en el cuerpo, todavía media borracha, el aliento
pestilente a ron. Al asomarse y ver tanto barullo dio un saltito y
soltó un gritico de susto, poniéndose la mano sobre el sexo.

Ante peregrina ocurrencia, el populacho formó tremendo
alboroto, seguido de rechiflas y pitorreos. La mujerzuela se
encuevó en su rancho haciendo un gesto con ambas manos
hacia la montonera y permitiendo que la toalla cayera a sus
pies. Más gritos y frases groseras. Aquellas mofas, gestos y
gritos, ayudaron a bajar la angustiosa presión que se vivía en el
momento.

Un zagaletón, sudoroso por la carrera, penetró el grupo de
mirones y gritó:

—¡Saqueo! ¡Saqueo!

—¿Adónde?

—En "La linda" —respondió.

El turco —que, absorto, miraba todavía los estragos del
fuego—, con sus dos manos metidas en los bolsillos traseros
del pantalón y las piernas entreabiertas, cuando oyó lo del saqueo, no pudo evitar que su mente diera un salto y le instalara
una idea fija: su ruina. Volteó y quiso correr, llevándose por
delante a un grupo de gentes cercanas.

Enredado en sus propios pies, golpeó el suelo pesadamente. Trataba de decir algo, señalando hacia su bazar, pero no le salía la voz y tampoco lograba ponerse en pie.

Un minero borracho, que tenía a una pintarrajada puta terciada por la cintura, viendo al comerciante en el suelo dijo:

—¡Este viejo ladrón se va a morir aquí mismo!

Y le alcanzó la botella de ron que tenía en la mano.

El turco la empinó con furor una y otra vez.

Se levantó con ayuda de una mano tendida, sacudió su ropa el desdichado y, entristecido, se sentó sobre un tronco.

—¡Menudo chasco! —Se lamentaba—. Esto me pasa por pendejo. —¿Qué coño le importaba a él que se quemaran los soldados, el campamento y hasta el pueblo entero?—. ¡Mis zapatos! ¡Mis telas, mis vestidos! ¡Oh, Dios! —Era todo lo que alcanzaba a repetir en su enredado lenguaje. Y rompió a llorar como un niño. La gente lo fue dejando solo, puesto que ya nada se podía hacer.

CAPÍTULO V

EL INDIO TUERTO, mohíno, que sabía de fuego, percibió el peligro. Miró hacia los lados y de un saltó brincó la alambrada y se fue a esconder detrás de unas casas vecinas. Se arrebujó, recostado en una pared, acomodó el parche que con la carrera le llegaba a la quijada, y se metió una bolada de tabaco en la boca.

—¿Quién tuviera un trago de ron? ¡Coño! —Alcanzó a decir.

El retumbe, la estridencia, el desorden y la locura del momento de confusión no lo sacaron de su rincón. Esperó, remolón. Algo en sus adentros le decía que allí estaba mejor, no fuera alguien a pensar que había tenido algo que ver con el candelazo y le hiciera pagar los platos rotos, como siempre.

Transcurrió un rato largo. Un viejo currutaco, dueño de uno de los burdeles, pasó sudoroso frente a él con una caja de ron en el lomo. Venía esquivando sospechosamente la calle principal, ambos se miraron sorprendidos. Pero el indio pícaro le tomó la delantera:

—¡Deme una botellita! —Pidió, lastimero. El pérfido viejo miró de mala gana al harapiento que le mostraba sus podridos dientes, metió la mano en la caja y sacando un litro de ron, se lo aventó con furia, advirtiéndole grave y amenazante:

—¡Si dices algo, te saco el otro ojo! ¡Indio de mierda! —Y se alejó, dando trompicones.

Por allá lejos, entre la humareda, se oyeron las voces del rabioso capitán:

—¡A formarse! ¡Passaaar revista! —Gritó—. —¿Quién fue el de la vaina? ¡Esto es sabotaje! ¡Traición! De seguro esto es obra de los hijos de puta garimpeiros que se quieren coger el país —vociferó.

Insolente, caminó presuroso y a codazo limpio penetró entre un grupo de personas que ya, habiendo tomado la cosa a guasa, hacía chistes de todos los colores a costa de los novatos soldados.

Los increpó a retirarse inmediatamente a sus casas, so pena de meterlos a todos en un calabozo.

—¿Adónde? —Replicó uno de los chistosos.

Por atrás entre la gente, vuelta al chungueo y risas aún más sonoras.

No se sabía de víctimas mortales. Dos o tres chamuscados que estaban siendo atendidos por el médico militar y el civil en la medicatura del pueblo.

Al cicatero dueño del bazar le dio un patatús, cuando uno de la concurrencia le dijo:

—¡Turco, te están robando la tienda!

Con los estallidos, el caos y el corre que te corre de la gente, el roñoso comerciante ismaelita abandonó su tienda sin cerrar la puerta y fue a matar su curiosidad viendo el dantesco espectáculo. El fatal descuido fue aprovechado por pillos y bribones que viendo la tienda sola, entraron a saco y en pocos minutos hicieron tal atraco que casi la vaciaron.

Pescado y carne seca fue lo primero en desaparecer, azúcar, papelón, queso, harina después. Y de allí en adelante, todo lo demás: ron, zapatos, ropas, chanclas. Fue un desastre, una devastación. Para cuando le dieron el pitazo al dueño, ya las cosas hurtadas estaban dentro de los ranchos y tugurios y, muchas de ellas, ya se habían transformado en la comida del día.

El oficial, viendo la terrible destrucción de su campamento, se acercó al lugar donde una vez existió su cama y sus corotos, recogió un retrato medio quemado, lo apretujó con fuerza entre sus dedos. Entró en cólera: movía los ojos de un lado a otro, una rabia animal le invadía, pateaba latas y peroles.

Así estuvo unos minutos, luego paso a un estado de miedo frío, el terror lo invadió:

"¿Qué les diré a mis superiores? ¿Que pasó? ¿Fue acaso descuido mío? ¿Una novatada?", se dijo. Recién había recibido el ascenso. Se celebraron varias fiestas en su honor, congratulaciones por doquier. ¿Y ahora? No podría ocultar ni disimular nada. Todo un pueblo sabía de la desgracia y con lo rápido que corren las malas nuevas, él no escaparía de los chismes.

Agobiado, caminó solo calle arriba sintiendo las miradas de todo el pueblo sobre sus espaldas. Se metió de cabeza en el primer cuchitril que encontró. En la barra una brasileña ya madura, le arrimó una botella de ron, que él agradeció con un gesto que casi era amable.

Bebió dos, tres tragos seguidos, lanzó lejos un grueso escupitajo y encendió un cigarrillo.

—¡No se preocupe! ¡Que se jodan ellos, mi general! ¡Pa' eso este país es rico y tiene billete para volver a comprar todas esas metrallas o lo que sean! —Oyó murmurar a la vieja putona.

Aquellas frases lanzadas al aire por la ramera, fueron para él una verdadera revelación, una iluminación. Ni las niñas de Fátima percibieron una señal tan clara.

Se tomó otro par de tragos y dijo en voz alta:

—¡Voy a descubrir al culpable! ¡Y lo voy a meter preso hasta que se pudra! —Tiró unos billetes sobre el mesón y salió de allí como una tromba.

En el camino tropezó casualmente con el indio tuerto que, con la botella casi vacía, se bamboleaba de un lado a otro. El parche negro le colgaba de una oreja. Lleno de barro con raspaduras en la cara, codos, de tantas caídas y revolcones, se reía bobamente, una saliva oscura se le escurría por la comisura de los labios.

—¡Yo no vi nada! ¡Yo no ví nada! —Hablaba para sí. El oficial, astuto, captó la candidez del indio y lo agarró por el pescuezo.

— ¡Ven acá, pajarito! —De ahí en adelante lo demás fue sencillo, ¿para qué más?

El oficial como poseído por un espíritu maligno gritaba:

—¡Bribón, traidor, comunista, safio, incendiario! ¡Eso es lo que es ese carajito, pero lo voy a joder! —dijo—. ¡Preso va a ir y el papá también, aquí no se me salva nadie! —Vociferaba, presa de una momentánea locura.

El indio lo miraba tontamente, acercó su botella a los labios y bebió un largo trago. Algunos soldados se acercaron, asustados, ante la reacción de su jefe.

—¿Qué carajo me miran? ¡A limpiar toda esa vaina y botarla lejos de aquí, rápido!

— ¡Sí, señor! —Fue la respuesta generalizada.

Por un lado salieron corriendo los soldados y por el otro él partió hacia la medicatura. Vio a sus soldados chamuscados, fuera de peligro todos y, con altanería, llamó al médico aparte.

Con cada frase que le decía el semblante del galeno iba cambiando, un instrumento que colgaba de su mano cayó al suelo. La enfermera, sin decir nada, presto lo recogió. Pasaron a una pequeña sala privada donde intercambiaron mutuos reproches.

El médico, más veterano y ya recuperado de la impresión, lamentaba lo del accidente, porque no era más que eso, un accidente. Explicó al oficial que él participó en las dos grandes guerras y ese tipo de suceso era muy frecuente.

Tanto así que cuando ellos decidieron instalarse en el centro del pueblo, en el terreno baldío al lado de la medicatura, por su experiencia de los riesgos que ello suponía, oportunamente le giró un oficio pidiéndole ubicaran el campamento en las afueras, tal como lo establecen los reglamentos. Pero hicieron caso omiso.

Aquel lógico razonamiento enfrió al capitán. La aflicción y el miedo lo invadieron, se agarró la cabeza. Se sentía rabioso e impotente. Era su culpa, estaba perdido.

—¡Me llevó el diablo! —Alcanzó a decir.

Viéndolo en aquel deplorable estado el médico pasándole la mano por el hombro le dijo:

—¡Vamos, entre los dos, a buscarle una solución al asunto! ¡Ya verá que saldrá beneficiado en vez de perjudicado!

El oficial, agradecido, se levantó y apretó efusivamente la mano del viejo médico, que agregó:

—Pero antes, vamos a localizar al granuja de mi hijo.

CAPÍTULO VI

EL PADRE DE Sam no acostumbraba proferir amenazas, ni usar frases ofensivas o soeces contra nadie, es más, no las conocía en el idioma nativo. Así que al dar con Sam y verlo, con la boca llena de pan y leche, su pelo de rojo encendido, la cara llena de pecas, tan tranquilo y campante con los ojos asustados al verlos entrar, al padre casi le da por reír y, de seguro lo habría hecho, de no haber sido por la cara todavía compungida del capitán.

—Dime ¿qué fue lo que pasó?

En eso, el indio bruto trató de entrar, quizás con el ánimo de defender a Sam, pero fue repelido por los soldados apostados en la puerta.

La pregunta lanzada secamente por su padre lo tomó de sorpresa y la presencia del militar con su cara agria lo confundió aún más. Sintió que se ruborizaba y un calorcito le invadía las orejas, el miedo le picó ante la idea que algo trágico hubiese ocurrido.

—¿De qué papá? —Preguntó Sam.

—¿Fuiste tú quien tiró unos tizones encendidos para el lado del cuartel? —Preguntó el médico.

Ahora Sam comenzaba a comprender lo de los cohetes.

Con desparpajo, casi con cinismo, contó todo lo ocurrido. Aquella sinceridad desarmó a los interrogadores quienes intercambiaron miradas y se retiraron, acompañados por el médico, que los despidió. Segundos después su padre retornó, indicándole con severidad:

—¡Tú de aquí no me sales hoy! —Gritó—. ¡Y ponte a estudiar las tablas de multiplicar!

Todo fue fiesta esa noche en el pueblo. Como buenos mineros despilfarradores y manirrotos, el incendio ocasionado por Sam fue un buen motivo para romper el marasmo y la quietud del pueblo.

Sin ningún tipo de recato ni disimulo, los burdeles, garitos, tabernuchas y sucuchos abrieron las puertas de par en par, las rockolas comenzaron a rugir, esparciendo por los aires sus diversas notas musicales.

Hasta el cura hizo tañer escandalosamente las campanas quién sabe por qué motivo. En medio de la calle, alumbrado por tenues luces de lámparas de kerosene y gasolina, algunos muchachos jugaban a capotear un toro hecho de palos y cubierto con un trapo rojo. Las putas daban rienda suelta a su alegría, a su locura e, incitantes, meneándose al son de la música, levantaban sus faldas mostrando sus partes íntimas a los transeúntes.

Los únicos tristes y acongojados del pueblo eran el turco dueño del bazar que lloraba aún desconsoladamente, sentado sobre un barril de bacalao noruego, mirando los vacíos estantes y Sam, encerrado en un cuarto haciéndose ovillos en los pelos de la frente y repitiendo incesante nueve por ocho setenta y dos... nueve por nueve...

Hasta que bien entrada la tarde, Olinda, la jovencísima amante de su papá, abrió la puerta sigilosamente y desabrochándose la blusa se le acercó. Lo abrazó poniéndole las duras y desnudas tetas en la nuca. Sam sintió como si un ardiente rayo tocara su entrepierna, la muchacha riéndose lo jaló con ímpetu y tirándose al suelo lo metió entre sus piernas.

—¡Otro incendio más! —Musitó.

Y se dejó llevar por los arrumacos de aquella fierecilla todavía adolescente, pero ya veterana en las lides del amor.

EL COLOSAL RACIMO DE LAS AGUAS

CAPÍTULO I

LA NOCHE ANTERIOR fue de agua. Despuntando el día amainó un poco, pero una tenue garúa seguía cayendo empantanándolo todo y tornando cantarinos los metálicos techos de las casuchas del pueblito minero en plena Gran Sabana, frontera con el Brasil.

Sam Dori, que para ese entonces contaba con unos diez u once años, vivía con su padre en la bella y amplia casa —la mejor del pueblo quizás—, y que hacía poco el gobierno nacional logró adquirir para residencia familiar del médico que osara aceptar el puesto en lugar tan apartado de la civilización.

Su padre fue ese hombre y lo arrastró con él porque al parecer su madre no soportaba las travesuras, desmanes y tropelías que cometía.

Un amplio y cuidado terreno se extendía por todo el fondo de la casa hasta quebrarse y morir abruptamente en el río de aguas oscuras.

En ese periodo del año casi todos los árboles estaban cargados con frutos: naranjas, mangos, aguacates, granadas, limoneros, mandarinas, guanábanas, guayabas, era un paraíso colorido, rico, donde los pájaros, loros, ardillas e insectos de gran tamaño vivían a sus anchas.

El anterior dueño —hombre central, de buen gusto y alegre a más no poder—, se había enriquecido comerciando oro, diamantes y ganado. Había construido la hermosa casa sin escatimar gastos.

Aprovechó lo exuberante y mágico de la tierra para sembrarle todo tipo de frutales y plantas de ornamento. A decir de los lugareños, disfrutó a plenitud con su familia lo que durante años le costó levantar.

No pudo imaginar nunca lo que la puta vida le deparaba.

Hasta que un desgraciado día, su joven esposa enfermó y a poco moría víctima de una extraña dolencia. De nada le valieron las medicinas convencionales, recetadas por un doctor que hicieron traer de la capital.

Ni tampoco las indígenas, ni las recetas de brujos. Todo fue inútil y así entre sudores fríos, quejidos y desvaríos, la buena mujer pasó al otro mundo.

Larga fue su agonía. Largo y profundo también el dolor del marido quien no se separó del lecho ni a sol ni a luna.

Pasado el entierro y los rezos, cayó en un estado de abandono deplorable.

Dejó de comer regularmente, se encerró en un apartado cuarto. Ebrio de tanto dolor y alcohol, se oía a lo lejos, cómo con su cuerpo golpeaba fieramente las paredes, ocasionándose severos daños.

Un día, cuando un recio sol hacía hervir las casuchas, unos vecinos lo encontraron casi muerto.

Sus hijos, aún pequeños, veían llorosos y tomados de las manitas, cómo varios hombres sacaban lo que quedaba de su padre, lo metían en una hamaca atravesada por una larga vara, la cosieron con grueso hilo, lo cargaron entre dos y se lo llevaron no se sabe adónde.

Durante un prolongado tiempo los niños fueron socorridos por parientes. Siendo ricos, afables y de buen origen, fueron tratados como perros por sus propios familiares.

Hasta que una tarde el padre reapareció. Venía acompañado de varios indios semidesnudos, quienes lo dejaron en la puerta de la casa, recibieron algo que se les entregaba y se marcharon calle abajo con sus nalgas y flechas al aire.

Al hombre se le veía mucho mejor. Recuperó peso y mejoró el semblante, sólo que durante la ausencia adquirió una permanente y misteriosa sonrisa: En realidad parecía más una mueca, una burla que no desaparecía de su cara ni siquiera durante el sueño.

Todo lo hacía con aquella incompleta sonrisa, que dejaba ver algo de sus dientes e incomodaba a la gente.

Sonriendo se le vio reacomodando su casa, sonriente se le vio el día que decidió marcharse del pueblo, sonriendo preparó la mudanza. Desarmó su viejo Land Rover, vendió la casa y todas sus pertenencias, fletó un avión de carga, se metió en él con sus niños y sonriendo dio su ultimo adiós al embrujo de aquella tierra que lo hizo tan feliz y tan desdichado. Y se perdió por los aires. Nunca más se supo de ellos.

Sam y su padre eran ahora los dueños y señores de todo aquello.

Pero era Sam quien más lo disfrutaba, junto con un remolón y zángano indio que misteriosamente aparecía y desaparecía entre los árboles sin hablar ni saludar. Ocurría esto las veces cuando debía limpiar la maleza y alimentar las aves de corral, que el médico gustaba criar para comer huevos crudos frescos.

Reconocer adónde había andado el indio, era fácil para Sam. Allí mismito dejaba las cáscaras, conchas de los frutos que comía, las fétidas heces, todo en un verdadero estercolero. Le tenía tirria al condenado.

CAPÍTULO II

UNA DESTEMPLADA Y oxidada cerca de alambre de púas, colgaba en palos casi podridos, hundidos en el río, casi hasta la mitad y que el agua amenazaba con llevarse de una vez por todas. Era el límite de la tierra con el agua.

Eso hacía ver aún más aterrador y siniestro al poderoso río con su poderoso caudal que, esos lluviosos días, arrastraba árboles enteros, troncos, ganado, aves, producto de la crecida y los torrenciales aguaceros caídos durante días y noches en las cabeceras.

Sam se levantó tarde. Su papá ya estaría cumpliendo los quehaceres propios de la medicatura.

No se sentía bien de ánimos de modo que decidió que no iría a la escuela. Algo extraviado daba vueltas en su cuarto. De mala gana, atusado, se vistió: un sombrero, se calzó un machete recortado metido peligrosamente en el cinto, una viejas botas y se marchó patio abajo.

Por el camino vio un gran aguacate maduro recién caído que las hormigas devoraban. Lo agarró y de un solo tajo, separó la parte donde comían los insectos y despachó el resto con avidez.

Llegó así al borde del terreno, en la parte más alta, desde donde se divisaba todo el esplendor del silencioso río. Con las piernas entreabiertas, la mirada perdida, absorto, como víctima de un hechizo o de un extraño sortilegio, miraba el oscuro río y los objetos y animales muertos que arrastraba, señal de los desguaces hechos aguas arriba.

Justamente en ese lugar, pegada a la cerca de alambre, a sólo un metro de la ribera, nació y había crecido una soberbia mata de bananas: alta, con varios vástagos, morado el grueso tallo, de grandes y verdes hojas.

Desde los primeros días de la llegada de Sam al lugar, la gigantesca mata comenzó a echar un magnifico racimo. Pronto se percató de ello y a diario lo revisaba y maravillado lo veía crecer.

Y llegaron las torrenciales lluvias que ese año estaban ocasionando mayores desgracias e inundaciones.

Ni siquiera a los indios —grandes conocedores del río—, se les veía navegar en sus pequeñas curiaras.

Realmente su aspecto siniestro y el ruido sordo que producía lo hacía aún más fiero y peligroso.

El racimo de bananas, majestuoso, con su enorme peso, combó la planta y quedó colgando hacia el río, con su vástago metido en las turbulentas aguas que lo mecían con fuerza como si quisiera separarlo del tronco.

Comenzó a madurar y a hechizar los ojos de Sam que durante largos ratos, día tras día, absorto lo miraba desde lo alto del barranco.

Quienes visitaban la casa y observaban la gigantesca planta, lamentaban que esos frutos tan sabrosos y provocativos fueran a perderse.

—Nadie, salvo un loco, se atrevería a cortar el racimo estando el río tan crecido, embravecido y riesgoso como este año —opinaba la gente.

La cara de Sam esa mañana permanecía huraña, intrigante. Un gran arañazo, fresco aún, le atravesaba la mejilla desde la ceja derecha. Ahora estaba resuelto a hacer algo, pero no sabía qué era.

Caminó por todo el terreno hasta que logró llegar al borde del despeñadero. Sostenía una larga cuerda en una de sus manos, la mirada fija en el dorado racimo.

Definitivamente Sam estaba obsesionado, se diría que casi embrujado.

Con paso firme comenzó a bajar por el húmedo barranco. Tuvo que sentarse para no caer. Continuó, arrastrándose lentamente de nalgas por el barro hasta tocar las raíces de la mata.

Levantándose, metió el cuerpo en el agua, hundido casi hasta la cintura sintió que la corriente lo movía. Se asustó, pensó en regresar, pero su decisión y su locura lo animaron.

Se agarró como pudo a la cerca de alambre, trepó sobre las destempladas cuerdas y curvado como estaba espaldas al río, cuyas aguas le chapoteaban el cuello y las ropas, logró meter una mano entre los bananos y por ellos pasar la cuerda que llevaba.

Hizo un nudo y tiró con vigor el resto de la cuerda hacia las raíces de la planta. Con gran afán se incorporó nuevamente y las amarró estrechamente.

Volvió al agua y sintió un ramalazo de dolor cuando las púas de alambre le desgarraron la piel, pero lo ignoró. Haciendo un colosal esfuerzo tomó posición, respiró hondo, estiró el cuerpo lo más que pudo e impulsándose, asentó un certero machetazo en el tallo, desprendiendo el racimo que cayó ruidosamente a las profundas aguas.

La descomunal mata se enderezó al verse libre del gran peso y Sam, agotado, fue remecido con inusitada fuerza. Fue halado primero hacia arriba y después se hundió en las negras y temibles aguas, enredado en las largas hojas enmarañadas y en los alambres y no pudo evitar tragar agua.

El mismo terror de verse ahogado, lo hizo buscar erguirse tirando de las cuerdas. Lo logró.

La brega lo tenía exhausto, pero algo muy profundo lo ayudó a no entrar en pánico. No podía mirar hacia el siniestro río, porque de hacerlo, de seguro sería su perdición. Tomó aire con desesperación, enderezó y volvió a poner pies en tierra.

Las piernas le temblaban y las manos y hombros sangraban copiosamente por los rasguños del alambre de púas. Dando la espalda al río, descansó unos minutos.

Debía volver al agua para tratar de halar el racimo hacia su lado. En un tiempo que le pareció interminable, agotado, logró coronar su esfuerzo.

Reposó ya en tierra un buen rato. Sintió que las aguas estaban subiendo, golpeaban ya sus piernas posadas minutos antes en lo que era tierra seca.

Ahora sí, miró de frente al tenebroso rió y el pánico lo atacó. Parecía que venía a tragárselo. De un salto se puso en pie y comenzó a arrastrar sin dilación la pesada carga hasta la parte alta del barranco. Al fin, después de algunos minutos de gran esfuerzo, que se le hicieron interminables, logró llegar a la parte alta de la barranca.

Miró el racimo con arrogancia y sonrió para sus adentros. Arrancó uno de los frutos y lo devoró. Bien había valido la pena el esfuerzo. Era un manjar.

Se disponía a despachar otro cuando, sintiendo que alguien lo espiaba, miró hacia un lado y vio al indio babieco abrazado a un árbol, boquiabierto. Al verlo con el racimo a sus pies, horrorizado, salió disparado por entre los árboles tropezando con ellos, dando gritos y alaridos.

Sam le llamaba, le gritaba, corría tras él, pero fue inútil. El indio bellaco ya había traspasado los linderos de la casa. Cuando logró salir a la calle, lejos, lo vio corriendo como loco gritando y haciendo señas con las manos hacia el lugar adonde él se encontraba.

Frustrado en su intento de alcanzar al indio, hizo un gesto desdeñoso y recordó que tenía hambre y que estaba herido y empapado. Entró nuevamente a la casa y fue derecho a la cocina. Algo hallaría.

CAPÍTULO III

SU PADRE, ABSORTO siempre entre sus ocupaciones de médico y las piernas de las jóvenes mujeres que frecuentaban la medicatura, no se ocupaba mucho de ordenar la despensa, aunque siempre disponía de abundante comida.

Grandes y apetitosos panes que eran hechos exclusivamente para él, embutidos españoles e italianos que un piloto le traía cada mes, mayonesa, aceitunas, aceite de oliva, quesos diversos y un bacalao seco y amarillento, de olor penetrante que venía en latas de cuarenta libras y varias latas de leche "pelargon".

Todos estos productos difíciles de conseguir en la zona, y la mayoría desconocidos para casi todos los pobladores, pero de mucho agrado para su padre. Sabía que en aquella fría y blanca cocina, encontraría café, azúcar, y algunas pocas cosas más.

Una corpulenta negra era la encargada de prepararles en su fonda tres copiosas comidas al día.

La gruesa matrona dueña del restaurante era afecta en extremo al uso de grandes pendientes de oro, tan pesados que amenazaban con desgarrar la piel del lóbulo de la oreja. Cadenas, anillos, sonoras pulseras, todo en oro de dieciocho quilates, completaban su adornada figura. Incluso tenía varios dientes engastados en el dorado metal.

Su hija, una negrita traviesa y preciosa de unos trece años, también cargada de oro, era la atracción del lugar.

Tan pronto se enteraba de la llegada de Sam y su padre, comenzaba, retozona y alegre, un corre y corre desaforado, desviviéndose por atenderlos, y con sus arrebatos sólo conseguía derramar los vasos de jugo, tirar la comida o hacer caer las sillas.

El médico se enfurecía, pero nunca pudo evitar que la bella mocita con sus destellos de oro en los dientes, fuera la perenne compañera de sus comidas.

—¡Cretina muchacha! —Exclamaba el padre de Sam—. Está enamorada de ti. ¡No quiero verla mientras coma! —le decía, encendida y roja la cara, con sus ojos azules que casi le salían de las orbitas.

Pero la traviesa niña ni se inmutaba. Movía su hermoso cuerpo de aquí para allá, tumbando todo aquello con lo que tropezaba. Era un verdadero torbellino.

Para cuando Sam entró a su cocina, finalizada la aventura en el río, todavía no era la hora de la comida, pero la tenaz lucha le había abierto un inusual apetito. Rebuscando entre las vituallas pudo encontrar con qué prepararse un gran sándwich.

Se disponía a dar cuenta del emparedado, cuando apareció el indio, todavía chillando y gesticulando, haciendo horribles muecas. Venía acompañado de una vecina que se encargaba de la limpieza de la casa.

—¿Qué fue lo que hiciste Sam? —Preguntó la mujer, con tono amenazante.

Iba a responder, pero el indio insolente no le dio tiempo y arrastró a la señora hacia el barranco.

Él, mordisqueando el pan, les seguía maquinalmente.

"Tanto alboroto por unas tontas bananas", se dijo.

La doña, al ver que el hermoso racimo ya no colgaba sobre las oscuras aguas, prorrumpió en chillidos, palideció y se persignó.

—¡Esto lo va saber tu papá tan pronto llegue! —le advirtió—. ¡Eres un vagabundo! ¡No fuiste a la escuela y te metiste en ese río, sabiendo que nadie se acerca allí cuando está crecido! ¡Loco del carajo! —exclamó—. ¡Nos vas a matar de un susto¡ —Gritaba la pobre mujer, presa del miedo y casi a punto de llorar.

Transcurrió un largo rato. Sam, sentado en la raíz de un gran árbol, malhumorado, aburrido, decidió marcharse para la fonda de las negras por su almuerzo. Un gran plato con pescado seco, desmenuzado, el contorno de arroz blanco, ensalada mixta y plátano asado, le quitaría el hastío.

La chusca negrita con el tupé que le era propio, pasó por su lado y le pellizcó una nalga, despepitándose a la cocina. Sam no estaba ese día para jueguitos y se sentó a comer. Tan pronto estuvieron de vuelta en la casa, la chismosa le llegó con el cuento al médico, adornándolo con lujos y detalles.

Sam, desde un rincón, la miraba con odio. También su padre se dirigió al fondo del terreno para constatar la veracidad de lo ocurrido. Observó el racimo en el suelo, todavía amarrado con el mecate y miró hacia las oscuras orillas. Sin pronunciar palabra se puso las manos en la cabeza, moviéndola de un lado a otro, como lamentándose.

Caminó lentamente, pensativo, hacia el interior de la casa. Una ligera lluvia comenzaba a caer. Sacó de un gran baúl la gruesa correa de cuero y llamó a Sam para que fuera a la habitación que le servía de despacho.

Decidido pero asustado, Sam acudió al llamado de su padre. Sabía que le daría una buena tunda y lo castigaría encerrándolo en el cuarto de estudio. No veía el mal causado, ni qué sentido tenía hacer semejante escándalo. Se sentía libre de culpa Eso siempre le ocurría.

Casi andrajoso, sucio, con la camisa desgarrada en tiras, y aborregado el pelo, empujó la puerta y se plantó frente a él.

FLOR DE PATRIA

CAPÍTULO I

BONITO AQUEL PUEBLO color rojo y piedra, enclavado en lo alto de los Andes. Calles estrechas, casas de barro y adobe cocido, grandes balcones y ventanales con rejas de hierro forjado. Lugar frío, apacible, cuya paz sólo era turbada una vez al año por las famosas fiestas patronales que atraían gentes de los más apartados parajes.

En Junio, el mes consagrado a San Juan Bautista, el pueblo todo se aprestaba a recibir encopetados visitantes que ocupaban las mejores casas y atiborraban los hoteles y las fondas del poblado.

Era una semana de circos, juegos, procesiones a la luz de la luna, tardes de toros, excursiones a los ríos, vistosos bailes populares y exclusivas fiestas en las grandes haciendas.

No dejaba de faltar una que otra pelea callejera entre campesinos borrachos, venidos al pueblo desde sus lejanos caseríos a canjear sus marranos, gallinas, vacas, verduras, madera y café y a apertrecharse de vituallas, velas, kerosén, azúcar, ropa y lo más necesario para la subsistencia.

Con lo poco que les quedaba, mandaban a sus hijos a los carruseles, mientras ellos se metían en un botiquín a consumir licor hasta caer de narices en el barro o quedar tirados en el monte que orillaba las calles.

Allí vendría luego algún hijo o su mujer, a tratar de montarlo al burro para llevarlo al rancho que le servía de hogar.

Algunas de las peleas que se suscitaban, a veces terminaban mal, con heridos y hasta muertos a puñaladas y machetazos, y siempre los motivos por los cuales empezaban eran tan tontos y fútiles, que nadie los recordaba.

Por lo demás era una comunidad pujante, trabajadora, apegada a rancias tradiciones mantenidas con tenaz empeño por sus habitantes más pudientes, seguidos por la plebe.

La agricultura —con el café dominando por sobre todos los demás rubros— y el comercio, conformaban su principal modo de vida. Famosos eran sus panes, acemitas y la dulcería típica, todos productos que, con frecuencia, eran llevados por diferentes medios a lejanas regiones del país.

El pueblo tenía una hermosa iglesia de piedras construida por los españoles durante la colonia. Era el orgullo de la villa por la belleza y el cuidado que le prodigaban las monjas con las novicias y las alumnas del colegio contiguo a la iglesia.

Regentado por la orden de las hermanitas de La Caridad, en el colegio regía la disciplina, el recato y el respeto, que allí imperaban y eran famosos en todo el país. Las monjas sólo rendían cuentas directamente al arzobispo y a la madre superiora de la orden, allá en España.

Las alumnas eran las hijas de lo más granado y selecto de la región. Sólo familias de abolengo y adineradas podían darse el lujo de llevar allí a sus hijas.

Una de ellas, Eduviges, recién acababa de cumplir sus diecisiete años, doce de los cuales había permanecido bajo la custodia y el cuidado de las severas monjas.

Pero cuando ya era su último año de estudios allí, se daba cuenta que poco o nada le había quedado de aquella monástica y rígida educación.

Sentía un profundo afecto por el colegio y las hermanitas, que siempre la habían tratado con especial cariño, quizás debido a las generosas y abultadas colaboraciones en metálico que sus padres entregaban cada vez que había una colecta por los motivos que fueren.

Pero la vocación de Eduviges no era ser beata, lo sentía. Con respeto, pero con absoluta franqueza se los hacía saber a sus parientes cada vez que podía. Sobre todo a su padre quien, tozudo, se empeñaba en hacerla monja.

Eduviges no era un portento de belleza. Sí, empero, atractiva y muy sensual, cuestión ésta que había sido notada por familiares y extraños y que preocupaba a sus progenitores. Ella se sentía y se consideraba como una muchacha normal de pueblo, quizás algo arrebatada e impulsiva.

Sí había notado, desde hacía dos o tres años atrás, que su cuerpo estaba experimentando extraños cambios. Sentía, en aquellas interminables noches de vigilia en el internado, que la invadía un sopor y que un calor profundo se le instalaba en el bajo vientre y que le llegaba hasta allá abajo, en la entrepierna.

Al principio se asustó. Pensó que eran calambres. Pero al pasar el tiempo, esas sensaciones se hicieron más agudas y frecuentes hasta que, sin saber cómo, aprendió a masturbarse. Primero moviendo sus bellas piernas, friccionándose, y luego con sus dedos o con cualquier objeto apropiado.

Entre sollozos lo hacía una y otra vez, hasta quedar rendida de cansancio. Contener la respiración y el llanto para no despertar a sus compañeras, era lo que más le costaba.

Varias veces rodó al suelo casi entre convulsiones, causando la alarma entre las monjas vigilantes, que le atribuían aquellos espasmos a los nervios debido a la proximidad de los exámenes.

Pero ella conocía su cuerpo y su naturaleza y sabía que jamás soportaría una vida en el claustro como la que le rodeaba. Estaba necesitada de alguna forma atávica, natural y primitiva para aplacar las pasiones que la atormentaban. No confiaba en nadie y a nadie le contaba sus cosas.

Muy distinto a ella pensaba Don Orestes, su padre, que no cesaba de buscar formas y vericuetos para que las monjas aceptaran a su hija como novicia y la enviaran a un convento en Salamanca.

Hombre muy rico, orgulloso de considerarse criollo, algo huraño y acostumbrado a ser obedecido, se preparaba en esos momentos a cerrar las cuentas que aquel año tan prolífico se las estaba dando muy buenas. Había que celebrarlo con una gran fiesta.

CAPÍTULO II

LAS BOTAS LLENAS de barro, la camisa sudorosa pegada al cuerpo, el sombrero atapuzado hasta las orejas hacían ver aún más pequeño a aquel hombre. Su cara aindiada, mestizo, oscuro de piel, casi llegando a los cincuenta, sin mujer ni hijos conocidos.

Eustaquio, que era su nombre, gozaba de cierta buena reputación aún cuando era asiduo participante en las parrandas del pueblo y visitante frecuente de los más famosos burdeles de la frontera colombiana.

No era rico, pero sus fincas producían muy buen café y en los últimos tiempos había instalado una nueva torrefactora que le permitía trillar el café suyo y de sus vecinos, dándole así excelentes ganancias.

Estas condiciones habían hecho posible que Don Orestes lo tuviese entre sus amistades por lo que no le extrañó la invitación a la gran fiesta.

Mientras buscaba sus mejores ropas, pensó sin querer en Eduviges. La conocía desde niña y al verla crecer y desarrollarse se fue enamorando, solo, sin esperanzas de ser correspondido, calladamente. El abismo social y la notoria diferencia de edad que los separaba eran obstáculos en apariencia insalvables, y transformaban su amor en una quimera.

Pero su mente y su corazón no entendían tales razones. Se animó de sólo pensar que allí la podría ver sin disimulo, a su gusto y placer.

Detuvo su rústico debajo de un frondoso tamarindo no tan cerca de la casa, se atusó el cortito bigote, caminó despacio, atravesando el umbral de la gran puerta estilo colonial y cruzó el amplio zaguán.

Algunos conocidos lo saludaron sin mucha efusividad. Por allí alguien lo llamó a compartir una amplia mesa repleta de bebida y comida, amén de varias muchachas del pueblo.

La fiesta —aunque temprana—, estaba caldeada, alegre. Vio pasar a Eduviges ataviada con un vestido blanco algo ajustado al cuerpo y que la hacía aparecer más madura y provocativa. Ella lo miró y lo saludó con la mano, regalándole una sonrisa que a él le pareció una invitación.

Dos veces nada más se atrevió a pedir permiso a Don Orestes para bailar con su hija. El hombre, gustoso, alegre por los tragos, se lo concedió, advirtiéndole con chanzas que sorprendieron a Eustaquio:

—¡Cuidadito con enamorarme la muchacha!

Le tomó la mano y se dirigieron a un gran salón donde varias parejas daban vueltas al son de la música. Ni una palabra cruzaron durante el primer danzón. Pero al finalizar el segundo baile, cegado, atolondrado y sin saber cómo ni por qué, de sopetón y casi al oído de Eduviges le soltó:

—¿Por qué no te fugas del colegio una tarde de estas y vas conmigo a conocer mi finca " Las Alfareras"?

Tan pronto dijo aquella locura, sonrojado, pidió disculpas. Asustado la soltó, sin saber por qué había dicho tal patanería y fue a esconderse entre el grupo de amigotes.

Ahora sólo esperaba lo peor. Quizás Don Orestes, al enterarse de su abuso, le echaría como a un perro frente a la gente, lo retaría a un duelo o le dispararía allí mismo delante de todos.

Esperó, se bebió varios tragos y recuperó el valor. No sucedió nada.

Casi amanecía y los violines hacían oír su música a través de los cafetales hasta los confines de aquellas montañas. La gente seguía bailando, Eustaquio se mantenía alejado de Eduviges y se conformaba con mirarla agradecido y más enamorado que nunca.

Alguien lo sacó de su embelesamiento para ofrecerle un gran tazón de sopa caliente.

Cuando comenzaba a despacharla con avidez, Eduviges, taza de café en mano se sentó a su lado y mirando que nadie la viera le dijo, casi susurrando:

—¡Le voy a tomar la palabra con lo de la escapadita!

Y se marchó sin más.

El pedazo de carne que tenía en la boca se le atragantó y casi lo asfixia. Al verlo así Don Orestes, que se encontraba cerca, bastante achispado por tanto whisky que había bebido se le acercó, golpeándole fuertemente la espalda:

—¡No se me vaya a morir, que ahora es cuando tenemos café por trillar!

Y ambos soltaron una gran carcajada.

CAPÍTULO III

Y SE VINIERON las lluvias, el pueblo chorreaba agua por techos y calles, el moho verdoso y gris comenzó a ganarle la batalla a la cal de las paredes,

Eustaquio en su planta cafetera reparaba una gigantesca correa de la máquina cuando un niñito le entregó en la mano un pequeño papel y salió disparado.

Sorprendido y mirando hacia todos lados lo leyó:

"Mañana a las dos de la tarde en la puerta trasera de la sacristía".

Nada más. Ni nombre, ni firma. Sólo esas escuetas palabras, concertando la cita. Tampoco las necesitaba.

Desde ese momento su cabeza daba vueltas y no lograba ni trabajar ni dormir, ni comer, sólo leía y releía el pedazo de papel que estaba a punto de deshacerse de tanto sudor y estrujamiento.

Y llegó el día.

Con miedo, más que con prudencia, a la hora señalada daba vueltas con su carro a la arbolada y solitaria plaza y enfiló hacia la angosta calle que conducía a la sacristía. La vio, se acercó y rápidamente ella se introdujo en el vehículo, escondiendo su cuerpo lo más que pudo, mientras el carro aceleraba cruzando calles y abandonaba rápidamente las últimas casas del pueblo.

Casi una hora después, prácticamente sin mediar palabras entre ellos, en un tenso silencio ambos parecían seres arrepentidos de aquella acción. Así llegaron a la finca.

Él se deshizo en amabilidades y la condujo al interior de la amplia casa. Una construcción rústica, de piso adoquinado, y madera rojiza que sobresalía del techo y las paredes. Agradable la estancia, olía a café recién hecho.

Al poco rato, una rechoncha mujer les acercaba dos tazas humeantes y una bandeja llena de panes y acemitas. No comieron mucho. Ella, resuelta, pidió conocer las otras secciones de la casa.

En uno de los estrechos pasillos sin querer sus cuerpos se toparon.

Eduviges sintió aquel calor sofocante de otrora y un ligero estremecimiento le invadió todo el cuerpo. Se separaron y caminaron hacia la habitación contigua que servía de aposento a Eustaquio.

Ambos ruborizados cruzaron algunas palabras y fue cuando él aprovechó para soltarle el millón de frases que su alma guardaba durante tanto tiempo. Hablaba quedo, con voz ronca y triste, ella le oía azorada, pero en el fondo nada de ello le sorprendía, era como que las hubiera estado esperando desde hacía tiempo.

Se acercaron y él la tomó de las manos. Después la abrazó con fuerza, sintiendo que le faltaba la respiración y el corazón dejaba de latir.

La muchacha sintió un poco de temor. Le pareció que había ido demasiado lejos en la aventura: Estaba en una habitación con un hombre que apenas conocía, sola, desprotegida y todo porque ella lo quiso. Él, hábil como un zorro, no dejaba de tocarla y besarla. Poco a poco, prenda por prenda la desnudó.

Con las piernas entrecruzadas firmemente, Eduviges se negaba a entregar su virginidad. Trató de batallar, de librarse de los brazos, el peso y de la dura verga que le golpeaba los bellos púbicos buscando penetrarla. Estaba agotada y el hombre, tenaz, no cedía en su ataque. En uno de los evasivos movimientos, inexperta como era, entreabrió las piernas y eso fue suficiente: el lúbrico macho la penetró sin clemencia. Roto el himen, un hilo de sangre corrió por los muslos y la hendedura entre las nalgas, muriendo sobre las blancas sábanas.

Dolor y al mismo tiempo, placer. Sensaciones nuevas, extrañas. La fricción continua, violenta y, al final el líquido tibio, casi caliente que le inundaba las entrañas.

Totalmente desnuda, sin siquiera cubrirse con la manta, lloró sin saber por qué durante un largo rato. Fríamente pensó que ella era la culpable. Pero sus propios razonamientos la fueron calmando y se tornó más amigable con el amante.

La tarde comenzó a caer, un viento gélido soplaba del Norte. Él le Insinuó volver a hacer el amor y ella convino. Su mente ahora estaba clara y se entregó con mayor pasión. Finalizado el acto se durmieron.

Un relincho cercano los despertó. Tenían apetito y pidieron a la mucama que les trajera comida. Desnudos, como si se conocieran desde tiempo atrás, degustaron los sabrosos platos. Luego ella dispuso que era hora de partir.

Y así aquel vehículo comenzó a destejer la serpenteante carretera de tierra, descendiendo hacia el pueblo que unas horas antes los había visto partir.

Tan pronto entraron en él, un conocido hizo señas a Eustaquio para que se detuviera, pero éste lo ignoró y prosiguió su veloz marcha con su amada escondida, recostada en el asiento, hasta llegar nuevamente al sitio donde la había recogido.

Esa noche Eduviges comprendió el porqué de sus tribulaciones de mujer y, satisfecha, cerró los ojos y se durmió.

Las escapadas se sucedieron cuatro o cinco veces. La experiencia de él ayudó mucho a mejorar la relación sexual. Lograba el orgasmo con mucha frecuencia e intensidad. Lo disfrutaba hasta el delirio. Seguidamente, en reposo, conversaban acerca de sus vidas, de las muchas opciones, hacían planes para preservar su amor, fugarse, casarse a escondidas, pedir la mano oficialmente. Pero ninguna les servía, era mucha la distancia de clases entre ella y él y una unión semejante jamás se permitiría.

Y pasó lo que tenía que pasar: se embarazó y fue imposible ocultar a la familia el porqué de su exuberante belleza.

Ahora Eduviges estaba más hermosa, como la flor cuando comienza a abrir el capullo. Su piel, sus labios, sus senos turgentes y las piernas duras y redondas eran señales inequívocas de que una nueva vida estaba creciendo en su interior.

Y explotó la bomba de su oculto embarazo. No se hablaba de otra cosa en el pueblo. Las comadres, chismosas y alcahuetas y el populacho, se daban vida entre tantos dimes y diretes. Por mucho que la atosigaron, presionaron y amenazaron, en su familia, las monjas y las amigas, ella nunca reveló quién era el padre de aquella criatura.

Don Orestes, iracundo, amenazaba con matar a todos los galanes del pueblo y llegó hasta ofrecer una jugosa recompensa a quien le dijese algo sobre las escapadas de su hija.

Muchos campesinos y los sirvientes de la casa de Eustaquio sabían perfectamente lo que estaba ocurriendo. Pero lo consideraban uno de ellos y se estaba comiendo la fruta, hermosa fruta de otros. De esos que siempre los habían dominado y maltratado. Así que todos se sentían parte del juego y lo disfrutaron.

Sólo Eustaquio —como fiera herida—, estaba dispuesto a todo para salvar su amor, pero Eduviges lo contuvo. Lo veía sufrir, quizás más que ella. Adelgazó notoriamente, temía que se enfermara, pero con todo y eso le hizo jurar que el secreto lo llevarían ambos a la tumba. Y así, entre llantos y besos lo pactaron.

Hasta que un buen día a la hermosa Eduviges no se le volvió a ver por el pueblo. Muchos temieron que el padre la hubiese matado y enterrado en alguna de sus lejanas fincas.

Pero la verdad era que una fría madrugada, la sacaron de la casa y en un carro la trasladaron a la capital y de allí en avión la mandaron a Europa, a España, a Salamanca. A una residencia de las hermanas de Las Carmelitas, donde por mandato de su padre, debería permanecer enclaustrada hasta el fin de sus días.

CAPÍTULO IV

AQUEL INCLEMENTE VERANO caía sobre Madrid. El "Poro popero", " Eva María " y "Marisabel" no cesaban de oírse en los bares, tascas y en las cuevas de La Plaza Mayor atestada de turistas.

Nosotros, estudiantes conocedores de todos los vericuetos de la ciudad, buscando siempre los bares más baratos y donde dieran abundantes tapas, despachábamos alegremente unas cañas de cerveza y varios platos de sardinas fritas por los lados del Arco de los Cuchilleros.

Ramón, mi compañero de apartamento, estaba alterado y feliz. Por la mañana aterrizaría en Barajas el avión que traería a su padre desde el lejano país sudamericano. Lo acompañaba un amigo de toda la vida, Don Eustaquio Camargo.

Tarde ya, caminamos hasta la estación del metro en Puerta del Sol y de allí el pestilente y destartalado tren, nos llevaría a Cuatro Caminos, barrio éste donde teníamos alquilado, desde hacía más de un año, un pequeño apartamento en el tercer piso de un viejo, descascarado y gris edificio como todos los de esa parte de la ciudad.

Antes de subir nos detuvimos a comprar sendos bocadillos de calamares recién fritos. Esa esquina era famosa por el platillo y el olor a comida de mar que envolvía a todos los transeúntes que por allí deambulaban. Tan pronto terminamos subimos y pronto nos dormimos.

A las once de la mañana el aeropuerto de Barajas rebosaba de gentes. Nos abrimos paso a empellones hasta una gran puerta de vidrio por donde deberían aparecer nuestros viajeros.

Esperamos unos minutos entre aquel batiburrillo de chinos, hindúes, nórdicos, todos con raras vestimentas y exóticos y penetrantes olores que casi me asfixiaban.

Ramón me señaló a un par de señores que caminaban hacía la puerta. Uno alto y flaco y otro pequeño. Morenos ambos, con caras de indio y de idiota, quizás por el largo trecho recorrido y el efecto que producen en gentes no acostumbradas a tales avatares.

Como pudimos, jaloneamos maletas y pasajeros, los atapuzamos en un taxi rojinegro que nos condujo a un hotel en La Gran Vía en el cual, nos dijeron, tenían reservadas habitaciones. El olor del diesel que contamina a Madrid a toda hora, les desagradó.

—Ya se acostumbrarán, es cosa de días —les dijo Ramón.

Pedimos que nos subieran bebidas y algo de comer. Todos nos sentíamos alegres y me producía honda satisfacción el hecho de poder hablar con mis paisanos que traían noticias frescas de mi pueblo.

Jamás podría imaginarme que estaba a punto de meterme en una maraña de pasiones que el destino tramaba con nombre y apellido.

Durante dos días nos dedicamos a pasear a nuestros amigos por la ciudad. Tantos sitios por conocer: el parque del Retiro, El Escorial, Museo del Prado, La Castellana, El Corte

Inglés, La Plaza Mayor, Dehesa de la Villa —donde el ex dictador Pérez tenía su mansión—, y un montón de restaurantes y bares.

Decidimos instalarnos todos en el lujoso hotel, adonde siempre llegábamos de madrugada y borrachos. Así el apartamento por lo pronto lo teníamos abandonado. No podíamos despreciar la invitación de aquellos amigos bien forrados con dólares que gastaban sin hambre y con agrado. Hasta ropas y calzado nuevos me obsequiaron, amén de un reloj de pulso y varias colonias inglesas que tanto me agradaba. De Ramón, ni se diga.

Nos estábamos dando la vida de un pachá para envidia de todos nuestros compañeros de la universidad, a quienes también teníamos abandonados.

Una tarde, después de disfrutar un tazón de sopa para sacar la resaca, los viejos nos reunieron en su habitación y muy seriamente, al estilo andino, nos pusieron en antecedentes de una larga, complicada y extraña historia.

Resultaba que don Eustaquio había tenido hacía algunos años un romance con una honorable señorita. Como resultado de esa aventura procrearon un hijo. Pero sus padres a todo evento, opuestos a aquella unión, la sacaron del pueblo y la enviaron a España.

Apenas tenían como referencias las de un convento en Salamanca, del nacimiento de un niño varón y de una muchacha que andaba por allí, sin paradero conocido, a la procelosa edad de veintitantos años.

Ahora el padre de la criatura, con cincuenta y tantos años en el lomo y poseedor como era de una buena fortuna, estaba decidido y empeñado en conseguir reencontrarse con la mujer que el destino una vez le arrebató y a quien podría ser su único heredero.

Así que allí, frente a mí, estaba un hombre maduro, bien parado y con la absoluta disposición de conseguir a sus seres queridos.

Todo aquello me sonaba algo novelesco y quería sonreír, pero tal era la expresión de los interlocutores que preferí adoptar también una postura seria y circunspecta.

"¿Pero qué papel jugaba yo en todo aquel rollo?", pensé.

Cortando mi pensamiento habló el papá de Ramón:

—Sam Necesitamos que nos ayuden a localizar a estas personas. Usted, según tengo entendido, ha viajado bastante y conoce bien a España y algo de Europa.

—Algo conozco, es cierto —respondí.

—Ambos están de vacaciones —prosiguió—. Les cubriremos todos los gastos y, de verdad, nos harían un gran favor. ¿Qué me dicen?

Miré a mi amigo y sin pensarlo mucho les dimos una respuesta afirmativa.

Iniciamos entonces un recorrido en tren a Salamanca, sitio en donde se suponía que vivía o había vivido una señorita de nombre Eduviges Del Cabral y Sosa.

Encontrar el convento no fue difícil. Tan diestro era el chofer del taxi como famoso el convento. La madre superiora nos recibió con extrema amabilidad y una gran taza de té de manzanilla caliente, infusión aromática que, según las monjas, cura todos los males.

Si, allí había vivido una señorita sudamericana con ese nombre la que fue atendida, a los pocos meses de su llegada, de un parto normal.

Había nacido varoncito, el bebé. Una fresca mañana, madre e hijo se marcharon, y la joven había dejado sobre su cama una larga carta de agradecimiento a las monjas que la recibieron y acogieron y al galeno que tan diligentemente le había atendido en el propio cuarto del convento.

Todo debió permanecer en el más absoluto secreto. Era la orden que venía no se sabía de dónde y emitida por no se sabía quién. De modo que nos marchamos sin nada en concreto en las manos, excepto el nombre del médico.

—Para no perderlo todo —dijo Ramón—, aprovechemos para conocer un poco la ciudad.

Todos convinimos que era una buena idea. Localizamos un hotel, excelente por cierto, y cenamos cochinillo asado como plato principal. Algo fuerte para el verano, pero nos sentó de maravillas.

En Salamanca recorrimos varios sitios históricos, plazas, iglesias y el casco central, una verdadera maravilla.

A la mañana siguiente alguien propuso ir a ver al médico que atendió a la parturienta. Probable era que supiese algo del paradero del niño y de la madre. Así fue.

Cuando encontramos su domicilio nos recibió, un poco mosqueado al principio, pero entró luego en confianza y nos reveló que el niño había sido inscrito en una guardería de Barcelona, donde tuvo que enviar algunos datos que le solicitaron.

Le pedimos que por favor nos diera la dirección y así lo hizo. La escribió en un papel que nos entregó.

Sin pérdida de tiempo adquirimos boletos en *La Renfe* y partimos hacia la Ciudad Condal. El viaje me pareció largo, pese a que prácticamente vivíamos en el salón comedor, donde el buen vino exaltaba nuestros ánimos y en varias oportunidades el guardia nos llamó a la cordura.

—Extraño grupo, el de aquellos tíos —le dijo al jefe de los camareros—. Dos viejos y dos jóvenes bebiendo como Baco y cantando raras canciones.

—¡Pero qué buenas propinas dejaban! —le contestó aquél, algo contrariado, ya que los sobresueldos lo perdonaban todo.

Algo tomados, bajamos en la estación principal de Barcelona, no recuerdo a qué hora. Un taxi nos condujo a otro buen hotel, con un espléndido bar que en la ciudad capital de Cataluña recibe el nombre de *boite*.

Luego de sentarnos a tomar unos aperitivos y, discretamente, preguntamos al mesero qué pito tocaba un grupo de hermosas mujeres sentadas alrededor de la barra, lanzándonos descaradas y provocativas miradas.

—Las llamamos "Palomitas blancas" —contestó él—. Pero no son ni lo uno ni lo otro, así que ¡cuidado! Y apáñense como puedan...

Como el licor hacía varias horas había roto nuestras inhibiciones, les hicimos señas y a los pocos minutos estábamos todos bailando algo que parecía flamenco y la juerga era tal que provocaba codicia y envidia entre los presentes.

Me desperté tarde, con un ombligo femenino algo abultado casi en la boca. No recordaba nada. Me incorporé y ví a una españolita parecida a La Maja de Goya, algo rellenita, pero a todo dar.

Revisé los otros cuartos de la suite que habíamos alquilado y aquello parecía obra de los mil demonios.

Don Eustaquio semejaba un querubín roncando, desnudo, entre las mamas de una rubia que parecía sueca de tan rubia.

Ramón se estiraba, como asustado. A su lado, yacía una que parecía andaluza por el pelo, el color de la piel y una ropa interior de boleros que tenía apuñada muy cerca de la oreja.

El papá de Ramón se había quedado dormido sobre la alfombra, con una pierna sobre la cama, como buscando tocar a la jovencita que, medio cubierta por las sábanas, dejaba ver unas curvas alucinantes.

Por todos lados había vasos medios vacíos, botellas de champagne, whisky, bandejas con jamón serrano, queso manchego, chorizo cantimpalo, semillas de almendras. Sin duda aquello había sido una bacanal.

La cabeza me daba vueltas y Ramón me trajo un *Bloody Mary* con abundante vodka. Se lo agradecí en el alma.

Levantó la bocina del teléfono y pidió caldos calientes para todos. Costumbre típica ésta de los Andes. Con mucha cortesía le explicó al *maître* cómo debía prepararla.

Mientras, una aquí y otro allá se iban despabilando, tratando de recordar lo sucedido horas atrás. Entre risas, chácharas y burlas se fueron aclarando las cosas. Nada normal, pero aceptable. Sobre todo porque la cuenta había alcanzado a varios miles y estaba totalmente cancelada.

Por fin trajeron los apetitosos caldos de papas con leche y huevos hervidos. Trozos de pan gallego con ajo, perejil, aceite de oliva y queso adornaron la mesa en un santiamén.

Los meseros, viéndonos a todos casi desnudos y sin ánimos de ponernos nada sobre el cuerpo, discretamente decidieron marcharse no sin antes babosear con la mirada los cuerpos femeninos que alcanzaron vislumbrar.

—¡Fuera ya! —Les gritó Ramón. —¡Que esto no es el cine!

Se marcharon riéndose y hablando por lo bajo, dejándonos a nuestra entera libertad.

El jolgorio y el cachondeo no pararon durante el día y continuaron durante la noche.

Pero una cabeza algo cuerda recordó en cierto momento a lo que habíamos venido. A duras penas logramos encontrar el papel donde el médico había garrapateado la dirección que le habíamos pedido.

Tal era la escritura del facultativo que leyendo el papel en cualquier posición se veía prácticamente lo mismo. De manera que despedimos a las "Palomitas blancas" y decidimos seguir con la búsqueda. Optamos, al fin, por darle el papel al taxista quien, en un periquete, nos puso a las puertas de la guardería.

Cuando llegamos, nos miramos, asombrados, y le pedimos que no moviera la bandera del taxímetro, pronto saldríamos.

Una vez dentro de la guardería, preguntamos por el niño con los datos de la madre. Nos atendió una negra dulce y risueña que dijo conocer a la madre. Por su parte el niño, en estos momentos, se encontraba en otra guardería cercana.

Sin ambages nos dio la dirección y el taxista nos condujo sin demoras por los lados de La Plaza de Ramón Amadeus.

Al fin pudimos conocer al niño: Blanco, ojos aindiados, vivaz, de pelo lacio y negro, casi el retrato de Don Eustaquio pero de piel blanca, que tendría alrededor de cuatro años.

Sorprendido al ver tantas caras extrañas que lo miraban como bicho raro y sin decir nada, debíamos parecerle al niño una sarta de imbéciles. El padre quiso abrazarlo, pero el niño se rehusó, refugiándose detrás de las piernas de la cuidadora.

Incómoda la situación: Un padre lloroso, viendo por primera vez a su único hijo, que un día el destino le había arrebatado, y un niño que no creía ver cómo padre y con toda razón, al hombre que tenía enfrente.

La directora nos condujo a su oficina y habló durante un largo rato con nosotros.

El niño llevaba allí más de tres años. La madre, mujer joven y elegante, venía dos o tres veces al año y pasaba algunos días con él.

Giraba puntualmente el pago de la mensualidad desde la ciudad de Roma, donde ella actualmente residía. Los sobres eran despachados desde una Lista de Correo, por lo cual no tenía ninguna dirección cierta para darnos.

Aquella noche en el hotel, sin probar licor, confundidos, barajábamos varias posibilidades: Raptar al niño, pagarle una fuerte suma a la directora para que nos lo entregara, montarlo en un avión y sacarlo del país.

Todo eran planes, ideas descabelladas.

Hasta que ya entrada la madrugada, agotados, se decidió lo siguiente: Nos marchábamos a Italia para buscar hasta encontrarla a la madre del niño, Eduviges Del Cabral.

CAPÍTULO V

SEIS DÍAS TARDAMOS en llegar a Roma en ferrocarril con coche-cama, que hacía dos o tres paradas en lugares escogidos, y ofrecía excelentes vinos y comidas que hicieron del viaje una experiencia muy agradable.

Bien distinto a los dos anteriores viajes que yo había hecho —donde el recorte y las privaciones era la regla—, en un destartalado *Wolkswagen*, en el cual la guitarra, los timbales, las maracas, el pan duro y la miel habían sido nuestros acompañantes por esos casi tres meses durante los cuales se dormía a la intemperie en sacos, y se comían unos huevos fritos con salchichón al amanecer, sin soltar la *Minolta* colgada al pescuezo, para, a continuación, venga, otra vez a la carretera.

Ahora daba de propinas lo que gastaba en comida durante una semana.

¡Cómo habían cambiado las cosas!

Fácilmente localizamos un hotel en la Piazza Navona. Desde nuestro arribo, los empleados se desvivían por atender a aquel singular grupo que conformábamos, cuyo idioma eran las sonrisas y el dinero.

Dimos algunas vueltas por esta ciudad, donde todos los conductores se creen pilotos de Fórmula Uno, aún cuando vayan conduciendo un pobre *"cincuecento"*: Le frenan a uno casi en las rodillas y, de paso, le sueltan una sarta de improperios. Poca cortesía y mucha falta de respeto con las damas que caminan por las calles, a quienes gustan pellizcarles los pezones o dar de nalgadas. Y no son tanto los jóvenes quienes lo hacen. Es común ver a hombres ya viejos, maduros y con familia disfrutando de este juego que yo veía algo riesgoso.

Después de un par de días caminando y recorriendo la ciudad, aquel trabajito de detective ya se me estaba haciendo pesado. De no ser por la amable persistencia de Don Eustaquio, hubiese desistido con gusto.

Caminar, preguntar, tocar, llamar, volver a tocar y mostrar una vieja foto de una mujer, que era todo lo que teníamos. Se le veía en ella cara de pueblerina, pelo negro y lacio recortado en la frente, recogido en la nuca, ojos grandes, rasgados, labios carnosos y barbilla casi redonda. Estaba hermosa, pero ahora sólo Dios sabría qué aspecto tendría.

Varios años en Europa podían hacer cambiar a cualquiera. Así los días iban pasando, recorriendo oficinas, escuelas, hospitales, policías, agencias turísticas, pensiones y nada de dar con el paradero de la Eduviges.

Por las tardes teníamos el aliciente de reunirnos en los bulevares de la Vía Venetto, donde permanecíamos bebiendo y comiendo hasta bien entrada la noche. Nuestras caras ya se estaban haciendo conocidas por los camareros quienes, al vernos, casi nos obligaban a acomodarnos en las sillas de su negocio. No eran tontos y sabían de las jugosas propinas que mis acompañantes solían dar.

Una de aquellas noches, pasadas las once miraba distraído al gentío que recorría el bulevar, cuando me pareció ver una cara conocida.

La seguí con la vista, me levanté sin decir nada como si fuese al retrete, y caminé tras ella hasta que se introdujo en un lujoso bar de puertas batientes, escoltadas por un gordo portero con uniforme de marino.

Con toda confianza la muchacha tomó una silla giratoria y se sentó. Cruzó sus hermosas piernas y el mesero, sin mediar palabras, le trajo una copa de jerez. Llevaba puesto un ajustado suéter verde pastel, una minifalda de cuero beige, cinturón marrón grueso y sandalias altas de correas brillantes.

Se había teñido el pelo de rojizo y su maquillaje resultaba perturbador, escandaloso casi.

"¡Menudo cambio!", pensé, y cuando ella comenzaba a saborear el licor me acerqué y, sin más, le pregunté:

—¿Tú eres Eduviges, verdad?

Me miró con ojos sorprendidos y tragó su licor.

—Sí —me dijo.

El mesero me trajo un trago de no sé qué y de seguidas, brevemente, le relaté lo que estaba ocurriendo: Que a pocos pasos de allí estaba un hombre que ella conoció en el pasado, que decía amarla y venía con el firme propósito de casarse con ella, recoger al hijo de ambos y llevárselos de vuelta a su país.

Ahora, repentinamente la muchacha temblaba y se veía muy alterada. Un amigo se le acercó, la besó, pero ella fue tan fría y lacónica en corresponder el efusivo saludo, que el hombre hizo un gesto de desprecio y se alejó.

Como pude le expresé mi gran preocupación: Aquel era un hombre serio, de respeto y de seguro que al verla a ella con ese aspecto y en aquel sitio, grande seria su dolor y decepción.

Por lo tanto lo recomendable sería preparar un encuentro para el día siguiente en un lugar y hora apropiada, con tiempo suficiente para que adecentara un poco su aspecto y vestimenta.

Nos despedimos, bajo juramento de no revelar nada de lo hablado ni convenido. Anoté su dirección y teléfono en una servilleta y quedamos en vernos al otro día a las tres de la tarde.

Ella, al verme partir, me siguió e insistió en querer ver al padre de su hijo. Era tan vehemente su pedido que sabía que no la podría contener.

De tal manera le propuse que yo saldría primero, me reuniría con mis amigos y ella, mezclada entre el gentío, pasaría frente a nosotros y así podría verlo.

Bajo protestas y reclamos por mi ausencia, retorné a mi asiento justo al lado de Don Eustaquio, quien ya bastante bebido me abrazó y me dijo:

—Sam: Yo de aquí no me voy hasta dar con Eduviges.

Y besó sonoramente sus dedos en cruz.

En ese preciso instante la mujer pasaba velozmente frente a nosotros, oculta tras una amiga a quien tomaba del brazo, mirando hacia donde nos encontrábamos nosotros.

Dos o tres veces pasó la mujercita. Yo, temeroso, creyendo que era muy capaz de acercarse a la mesa y echar a perderlo todo, consideré que debíamos largarnos de allí.

Tan pronto como la vi regresar otra vez, alegué no sentirme bien del estómago —una diarrea no era cosa de juego en una ciudad como Roma—, así que abandonamos el local y nos marchamos.

Capítulo VI

Esa noche mi sueño fue inquieto, poco reparador. La carga de todo aquello era nueva para mí, pensaba que había mucha vida, muchos sentimientos entremezclados en esa situación.

Ahora, cuando conocía el paradero de la mujer había urdido un plan, un engaño, una vil celada para una persona a quien ya tenía en alto aprecio.

No me sentía bien.

Sentado en la cama me estrujaba la cara.

Ramón se alarmó, preguntó que me pasaba y decidí decirle la verdad. Eché el cerrojo a la puerta y en voz baja le conté todo lo sucedido la noche anterior.

Cuando terminé mi relato, Ramón estaba pálido, boquiabierto, porque se daba cuenta que lo que habíamos iniciado como unas alegres vacaciones estudiantiles, se estaba transformando en una peligrosa trama donde varias vidas estaban incursas y los riesgos eran muchos.

Así y todo, Ramón aprobó mi plan. Sin despertar a su padre ni al amigo salimos del hotel para confirmar que la dirección realmente existía.

Un rato después llegamos a una pensión de tercera categoría en una oscura y estrecha callejuela, en un barrio cercano a La Via Condotti, donde el taxi a duras penas lograba pasar.

Subimos unas escaleras de madera que apestaban a basura hasta dar con la puerta principal. Nos atendió una matrona bigotuda con un delantal lleno de harina.

Preguntamos por la muchacha. Nos respondió que ella estaba y desapareció por un largo pasillo. Al rato apareció Eduviges acompañada por la gorda señora. Nos saludamos todos amistosamente y pasamos a una salita de cortinas rojas rebosante de los más diversos objetos.

En la sala, con la matrona como testigo, pulimos el plan. Jamás revelaríamos a nadie el tipo de vida que ella llevaba en Roma. A Don Eustaquio le diría que trabajaba en un hospital de la Cruz Roja, lo que le permitía pagar la guardería del niño y a ella vivir pobremente. Conversaría con el padre de su hijo a quien parecía seguir queriendo. Si las cosas iban bien entre ellos, tratarían de rehacer sus vidas.

Nos retiramos y pasado el mediodía retornamos al hotel.

Nuestros amigos esperaban en el *lobbie* hojeando unos periódicos. De seguro viendo las fotos, porque de italiano no entendían ni papa.

Inventando algunas cosas dimos la buena noticia, que por poco mata a los dos viejos. No lo podían creer.

Lágrimas y sollozos nos conmovieron a todos.

"¡Qué ingrata es la vida!" —Pensé—. "¡Tantas vicisitudes y sufrimientos por una simple mujer!"

Repuestos un poco fuimos al bar por un aperitivo, dispuestos a contar los minutos que faltaban para que se diera la hora acordada. Llegado el momento, pedimos un taxi que nos dejó frente al cochambroso edificio.

Mi mente estaba clara, lúcida, fría, el miedo había desaparecido, me sentía raro. Como el creador de aquella trama.

Subimos las fétidas escalinatas. Nuevamente la matrona con su delantal sucio de harina preguntó que deseábamos.

La actitud de la pícara vieja denotaba nunca habernos visto. Le informamos el propósito de nuestra visita, preguntando por la muchacha y al responder que vivía allí nos hizo pasar a la salita ya bien conocida por Ramón y por mí.

Sorpresa grande la mía al ver aparecer a Eduviges: Era la viva imagen de una muchacha de pueblo. Seria, recatada en el saludo, reconoció a Don Eustaquio a quien abrazó con cierto recelo.

Su pelo otra vez era negro y lo llevaba recogido. Había desaparecido todo rastro de maquillaje. Una blusa de tela blanca, mangas largas, abotonada casi hasta el cuello suavizaba los abultados senos. Completaba el atuendo una falda gris, más abajo de la rodilla y unos zapatos negros cerrados con hebilla que le daban el aspecto de una misionera.

Hablábamos poco. Los ojos de Don Eustaquio estaban llenos de lágrimas, de alegría y satisfacción. Frente a él estaba la misma muchacha que tiempo atrás se escapaba del colegio y a escondidas se reunía con él en aquellas altas serranías para entregarse a un amor desmedido, profundo y sin remilgo.

Poco, muy poco había cambiado ante sus ojos y eso lo hacía feliz.

Para mis adentros y mirando a Ramón pensaba: "¡Qué fácil que es engañar, ser engañado y vivir en el engaño!" La vida no podría ser eso, porque sería una verdadera mierda, pero lo comprendí y, aunque con amargura, pero lo acepté.

Una hora después nos despedíamos de la atenta matrona quien, aún llorosa, nos abrazaba.

Eduviges había decidido marcharse con todas sus pertenencias al hotel donde vivíamos no sin antes obsequiar con un fajito de dólares —obsequio de Don Eustaquio— a la casera la que de un rápido manotazo los tomó y los introdujo en el escote de su prominente pechuga. De esta forma todo quedaba pagado y sellado.

Por la fama que acompañaba a Eduviges en la ciudad no era recomendable permanecer mucho tiempo en ella. Así que las visitas al Vaticano, al Coliseo, a las siete colinas, y a la Roma moderna fueron muy cortas.

Don Eustaquio y el padre de Ramón no cesaban de comprar imágenes y reliquias de santos, todos según los vendedores, bendecidos por el Santo Papa o traídos de los lugares sagrados. Con tanto bulto las maletas ya no fueron tan fáciles de transportar.

Y salimos de La Ciudad Eterna una calurosa tarde de fines de agosto de mil novecientos setenta y tantos. Tomamos un tren muy confortable que nos llevaría a Florencia, Pizza, Venecia y luego a Zagreb, Austria, Alemania, Bélgica, Francia y de nuevo en Barcelona.

Durante ese largo trayecto por Europa la vida en común se hizo muy íntima y agradable, a excepción de un pecadillo cometido entre Ramón y Eduviges llegando a Pizza, y después de una noche de farra donde todos nos excedimos en los tragos y hasta la Eduviges, que mantenía ante su amado la firme decisión de no probar licor, esa noche se destapó.

Ya de madrugada, todos acostados, en una de esas idas y venidas a los baños de la suite, Ramón y ella tropezaron y sin mucho protocolo hicieron el amor.

Nadie se hubiese enterado de no ser porque la propia Eduviges, entre sollozos, me lo contó arrepentida con ganas de mandar todo al traste y regresar a Roma. Fueron momentos de gran tensión.

Hablé con Ramón, que entendió el riesgo que se corría. Le reclamé por el exceso y nunca más —hasta donde sé—, la situación volvió a repetirse.

El trato se hizo más respetuoso y afectivo hacia la pareja. La reconciliación era un hecho y los planes futuros animarían al más triste de los humanos. Todo era un barullo. Había que sacar al niño de la guardería en Barcelona, regresar a Madrid, visitas al Consulado, organizar la boda y mil trámites más. Aquello era agotador. Sin embargo todo salió a la perfección.

La gran fiesta fue en la *boite* del conocido hotel y los invitados, una treintena de amigos y amigas de la universidad que me parece que jamás habían bebido, comido y disfrutado tanto como aquella noche.

Definitivamente resultó una gran fiesta.

CAPÍTULO VII

CON LAS FRÍAS ventiscas del otoño vinieron los últimos preparativos del viaje de regreso. Caras largas y tristes presagiaban las distancias insalvables que iban a separarnos y, cuando por fin llegó el día de la partida, despedimos con profunda tristeza a aquellos cuatro seres con los que habíamos llenado nuestros días y compartido todo un largo verano de nuestras vidas, marcándolas de forma indeleble.

Transcurrido el tiempo, las comunicaciones se distanciaron y al final se cortaron. Nuestras vidas se separaron y cada cual hubo de emprender el tortuoso camino que el destino nos signaba.

Así, pasaron los años.

En una salida que hice al extranjero, estando en Miami, vi a Eduviges. Iba sola y muy bien arreglada. Nos cruzamos en una escalera eléctrica en la que ella subía y yo bajaba.

Nos reconocimos y cruzamos un saludo, pero cuando tratamos de encontrarnos, atestadas como estaban aquellas escaleras, nos fue imposible.

De regreso a mi país y picado por la curiosidad me comuniqué con Ramón, quien ya era un reconocido médico, para que me diera noticias de Eduviges.

Sólo sabía que la bella mujer era muy rica y vivía en una ciudad cercana al pueblo donde había nacido.

No sé qué razón me llevó a buscar aquella rica y hermosa casa. Cuando la encontré, llamé a la puerta y una vieja arrugada pero muy dulce me atendió y me hizo pasar a una preciosa sala amoblada con suntuosos sillones de cuero.

La señora me ofreció café que con gusto acepté. Sentada a mi lado, con las manos recogidas entre sus piernas, comenzó relatando que la señora había salido para la fabrica y que pronto estaría de regreso.

De seguidas me contó que su esposo, Don Eustaquio, había muerto hacía pocos años.

Ella, que había quedado al frente de las grandes haciendas y las torrefactoras, logró hacer notorios y modernos cambios que transformaron la empresa y la convirtieron en una de las mujeres más ricas de la región. Tanto así que la llamaban "La reina del café" y aún cuando era, joven, bonita y rica, lloviéndole los pretendientes, no volvió a casarse ni aceptaba requiebros de ningún hombre.

Aquella viejecita conocía a la familia toda desde los primeros tiempos.

Se había criado en casa de Don Orestes, quien todavía vivía y se conservaba en buena salud. Sobrevivió a su gran amigo y yerno Don Eustaquio, a quien agradecía y casi veneraba
por haber rescatado a su hija, por haberse casado con ella y
por darle el apellido a un hijo que no era suyo.

Desde la llegada de Eduviges hecha una gran señora, él
podía salir a la calle sin pena ni vergüenza: Su hija, después de
años de estudios en Europa, volvía casada, con un hijo de la
misma tierra, que había ido de vacaciones al viejo continente y,
por pura casualidad, la había encontrado, se había enamorado,
y le había propuesto que se casaran.

Seguía contando la vieja que Don Orestes en el club, en la
fábrica, y en todos lados mostraba con orgullo una copia del
acta de matrimonio de su hija bordeada de vistosos sellos y
membretes diplomáticos.

—¡Es de mi hija! —Decía, orgulloso.

—Cómo me hubiese gustado haber estado presente ese
día de la boda, así como lo estuvo éste sarandajo de testigo
—recalcaba, para rematar—, que ni si quiera sé quién es. ¡Y
con ese nombre tan raro! Sam Dori.

Así me lo contó la vieja.

Comprendí que, por mucho tiempo que hubiese transcurrido, yo no había dejado de ser un estúpido. Me levanté y sin
despedirme siquiera, me alejé para nunca más saber de aquellas
vidas.

ANNETTE: BORRASCA TROPICAL

CAPÍTULO I

LA EMISORA TRANS-MUNDIAL, desde las Antillas, no dejó durante la noche y madrugada de emitir machaconamente boletines meteorológicos, advirtiendo a los habitantes en la región caribeña de un huracán categoría cuatro en la escala de Zafiro-Simson que se aproximaba con rapidez y que tenía vientos de hasta 140 kilómetros por hora, y recomendaban tomar todas las precauciones.

Islitas dispersas —pobres casi todas—, cuyos pobladores, acostumbrados año tras año a recibir los embates de la naturaleza y a que les arrastrara lo poco que tenían, caminaban sin prisas, hasta alegres, recogiendo sucias mantas, poniendo a buen resguardo la comida y amarrando las ollas y otros enseres a los árboles y palmeras.

Todo lo hacían con pasmosa precisión. Una vieja negra, flaca y desdentada, encendió unas palmas benditas y clavó una cruz hecha de palos en la destartalada puerta.

Otros, más pudientes, metieron lo que pudieron en la maletera, montaron en sus cacharros y partieron hacia zonas altas y protegidas del interior.

Mientras, en el país de Sam Dori, los militares y civiles encargados de vigilar los instrumentos del observatorio del gobierno, estaban enfrascados en una feroz partida de dominó en el cuarto destinado al descanso, un tema muy importante, y una cuestión que eran muy dados a practicar, sobre todo en horas laborables.

Uno de ellos, taimado y vagabundo de oficio —ahora recluta—, compró un litro de aguardiente y a escondidas de su jefe lo ocultó entre un montón de viejas mesas arrumadas en una esquina.

Era el momento preciso de sacarla. Con el fusil de reglamento colgado sin cuidado en un hombro, la buscó, acercándola a la mesa de juego.

Tal hazaña fue recompensada con vítores y gritos de entusiasmo.

En un santiamén, a pico nomás, escanciaron más de la mitad. Nadie recordó siquiera de echar una leve ojeada a la sala de equipos, donde las luces multicolores de los instrumentos, brincaban frenéticamente.

En las oscuras profundidades del océano, el huracán iba tomando cuerpo y acumulando fuerzas. Varias pequeñas tormentas de la zona se le iban sumando, absorbidas de un solo remolinazo por el monstruo de agua salada. Bestias del mismo océano huían presurosas hacia el fondo o lejos, despavoridas, meneando asustadas sus gráciles colas.

Los barcos grandes se aprestaban para recibir el embate de gigantescas olas y vientos destructivos. Sus capitanes hacían sonar las alarmas, cuyo ruido silbante aturdía a los marineros.

Se comunicaban con puertos cercanos informando de su posición y acerca de las condiciones del mar. Varias barcazas pequeñas, tomadas desprevenidas, ya habían sido presa de las fauces del huracán y sus ocupantes, hartos de agua, pasados a mejor vida.

La situación en las pequeñas islas era desesperante. El fuerte viento soplaba cambiando en segundos de dirección, arrancando de raíz árboles, palmeras y postes de alumbrado. Los techos de las casas volaban y caían peligrosamente rasantes y el cielo se veía lleno de objetos diversos, arremolinándose y bailando hacia los lados. Las personas corrían y gritaban, y apenas conseguían mantenerse erguidos porque el agua, con fuertes ráfagas de viento, enceguecía y sólo permitía dar tumbos.

Hacía horas que llovía y ya comenzaban a formarse áreas inundadas. Los sectores pobres experimentaban deslaves y derrumbes que arrastraban sus humildes casas. Unos con otros trataban de socorrerse, sobre todo proteger a los niños, ancianos y desvalidos. No siempre lo conseguían, de vez en cuando alguien se les soltaba de la mano, rodaba barranco abajo y no se le volvía a ver.

Las aguas, que bajaban de los cerros con barro, piedras y otros objetos, iban en aumento formando pequeños riachuelos que ya ahora eran ríos de agua con fuerza descomunal.

De repente se oyeron gritos. Una cama con dos personas encima fue sacada de su casa por las aguas y depositada mágicamente en las crestas de las olas del gran río de barro, era arrastrada aguas abajo.

Sus ocupantes, cubiertos aún con las sábanas, gritaban desesperados, aterrorizados, mientras algunos pobladores les lanzaban cuerdas desde las orillas, pero todo resultó inútil. Varios metros abajo, se había formado una gran catarata. Al llegar allí la cama, con los dos ocupantes, rodó aparatosamente y desapareció tragada por el río de barro y piedras.

Nunca más se supo de las personas que iban en ella. Ni siquiera aparecieron los cadáveres.

CAPÍTULO II

EN OTRA CIUDAD del interior, las puertas del edificio que alojaba los Tribunales de Justicia, estaban atestadas de gentes. Aún cuando el día apenas comenzaba, ya se hallaban reunidos allí en compacto número, decenas de campesinos dirigidos por un panzudo negro de mirada fiera y sanguinaria.

Todos prestaban oído a sus palabras que soltaba suavemente, como susurrándolas. Otro hombre, mejor vestido, que olía a colonia cara y llevaba un gran portafolio, se acercó al grupo, saludando alegremente.

Parecía ser el abogado que los representaba y fue directo a reunirse con el negro y su camarilla. Vendedores de café, empanadas y refrescos, subían y bajaban por las escaleras, ofreciendo a voz en cuello su mercancía. Aquello parecía más bien un mercado que una asamblea.

La sala del Tribunal Agrario era el desorden de siempre. Unas mujeres comiendo sobre los mugrientos libros diarios, otras bebiendo café y refrescos, sentadas en los escritorios.

Vasos, tazas, migas de pan sobre las computadoras y máquinas de escribir. Un varón, no tan joven y con todo el aspecto de mariquita, chismeaba con el secretario recién nombrado, primo del juez. Ambos rieron sonoramente. Las mujeres, eternas sospechosas, cruzaron miradas y risitas.

—Se perdieron mis caramelos —dijo la vieja gorda y chismosa que hacía la limpieza.

Cerca del mediodía el Juez abandonó su casa y condujo su automóvil por calles y avenidas encharcadas. Parqueó el carro en su sitio exclusivo y, al abrir la puerta, un fuerte ventarrón le voló de las manos el maletín y los papeles que llevaba.

Corrió hacia el edificio y vio el tumulto: una masa de gente alocada, moviéndose por la ventolera que por momentos arreciaba.

El Juez, jadeante, entró al despacho. Los tres pisos de oscuras escalinatas —nunca habían instalado un ascensor—, apartando casi a los empujones a las personas que bajaban por el lado contrario, mirando con tensión cada escalón para no dejar allí los dientes, lo habían cansado y agriado el humor.

Además una leve resaca de los tragos de la noche anterior, le tenía el estómago en la boca. Hombre bastante alto, fuerte, bien parecido y algo calvo, con sus cuarenta y tantos años tenía una presencia imponente.

La voz bien atildada, el lenguaje casi perfecto e inteligente, lo hacían un hombre de fama reconocida. Era dado, desde sus años de estudiante, a las largas y ruidosas francachelas. Alguna que otra fechoría y pecadillos de faldas terminaban de redondear el cuadro de su flamante persona.

Horas antes, en su cómoda casa, metido entre sabanas blancas y pegado al cuerpo tibio y desnudo de su bonita esposa, sin embargo se sentía inquieto y nervioso.

No le gustaba para nada el día que iniciaba.

La televisión, mientras se afeitaba, hablaba de "Una honda tropical categoría tres, con abundantes lluvias y fuertes vientos en la región central, que de seguro se desplazaría por el resto del país y..."

Se asomó a la ventana de la amplia sala y observó con inquietud cómo los árboles cercanos se movían de forma impresionante, azotados por el viento, partiendo varias ramas que caían sobre el pavimento de la calle.

Pensó en llamar a su oficina para avisar que no iría. Pero se acordó del rollo que unos brutos campesinos habían planteado por unas tierras que, según ellos, les pertenecían desde la época de la creación y que fueron ocupadas a lo macho por unos cuantos ricos y politiqueros rapaces venidos de la capital.

Había tratado por todos los medios de conciliar las partes. Fue a sus casas, los citó al tribunal, envió colegas amigos, hizo de todo y sólo consiguió que los ánimos se caldearan más.

Tercamente, ambas partes contrataron abogados conocedores, y se declaró la guerra por las benditas tierras.

Habían solicitado una inspección ocular, cuestión ésta que le paralizaría el tribunal por un día. ¡Con tantas cosas que tenía por hacer! Difirió un par de veces la diligencia, alegando estar indispuesto de salud, pero la verdad es que no quería ir. Conocía las tierras, su ubicación y sabía también de sus pobladores: gente bruta, carente de cordialidad y dispuesta siempre a meterle una puñalada o un machetazo al más pintado por cualquier tontería.

Pero ahora, con ese negro barrigón azuzándolos, no le permitía más evasivas ni dilaciones. Los había trasladado a todos —no se explicaba cómo— desde sus lejanos ranchos hasta la puerta del Tribunal y allí estaban, amargándole el día, como si no fuera suficiente con la amenaza de un huracán.

"¡Qué broma! ¡No me queda de otra!", se dijo.

Al entrar, dio los buenos días a todos. Algunos le respondieron con la boca todavía llena. Llamó a Rosi, su secretaria, la sensual morena típico ejemplar de la zona. Y él, que se había enamorado como un escolar desde que la había conocido y que a los pocos días de su llegada al cargo, después de un tórrido romance, la hizo suya.

De la aventura resultó un precioso retoñito bastardo. Trataron por todos los medios de ocultarlo para no armar el escándalo, pero fue imposible.

Desagradables recuerdos de aquellos momentos le vinieron de sopetón a la mente: Cuando a su esposa alguna cotorra cizañera de las que nunca faltan, le llegó con el chisme.

Fue un día funesto. Cuando llegó a su casa, tan pronto abrió la puerta, su mujer con la cara encendida presa de la cólera se le abalanzó, lanzando golpes, escupitajos, sacándole los botones de un jalón. Decía frases groseras que jamás oyó salir de aquella santa boca.

Lo amenazó con todo. Él, de igual forma y hasta de rodillas, lo negó todo. Juró y perjuró ser ingenua víctima de las soplonas del tribunal, acostumbradas a desbaratar cuanto matrimonio caía en sus lenguas viperinas. Y a tal punto debió resultar convincente, porque la doña cesó en sus demandas.

Claro que mentira sobre mentira, formaron una telaraña que lo amarraron de tal manera, que estaba imposibilitado de reconocer a la criatura y darle el apellido bajo pena de ponerse en evidencia.

Eso le hería. No le gustaba el papel de villano y menos con sus hijos. Para colmo, el carricito era su propia cagada, no le había perdido traza.

Y del otro lado quedó la Rosi, mansa como una mapanare. No le armaba líos, no pedía nada, no hacía reclamos y sólo algunas veces, dolida, subrepticiamente y como sin querer la cosa, hacía aparecer sobre su escritorio libros, códigos, leyes, periódicos, revistas y demás panfletos que contenían temas alusivos a los hijos sin padre o de padres malvados, sin corazón y tan perversos que no querían saber nada de sus hijos ni concederle el apellido.

Hasta se atrevió, en unas navidades en que se encontraba triste y rabiosa como toda querida despechada, a mandarle por correo expreso un CD de música mexicana, una de cuyas canciones —que la artista interpretaba a todo gañote—, condenaba y castigaba a los padres que engañaban a las mujeres dejando a sus hijos sin nombre... Para mala suerte de todos, quien recibió el envío expreso, fue su esposa.

Con el ánimo alegre y festivo de las pascuas, recibió esa mañana al cartero, lo saludó y le dio una buena propina. Su humor no podía ser mejor. Se dirigió a la sala, abrió el paquetico, sacó el disco y reconoció la foto de la cantante. Lo introdujo en el moderno aparato de sonido con gigantescas cornetas.

Al principio, cuando escuchó la voz, no pareció importarle. Pero a medida que se desenrollaba la letra, un calorcito premonitorio y desagradable le fue invadiendo el cuerpo hasta transformarse en un volcán a punto de erupción.

Revisó el sobre y como no tenía nombre del remitente, sacó sus propias conclusiones.

Buscó frenéticamente al marido —cegada por los celos—, y lo consiguió por allá, trasteando algo en el closet. Como tigresa le saltó con las uñas a la cara. Lo mordió, escupió y golpeó donde pudo. Se separó y comenzó a dispararle con bastante puntería, todo lo que tenía a mano.

Hombre alto y fuerte, el juez trataba de contenerla sin hacerle daño, pero al final no le quedó otra más que soltarle un derechazo al mentón que la hizo caer largo a largo. El lío fue tan grande que hasta la policía —alertada por algún vecino metiche— tuvo que intervenir. A la señora se la llevaron a su casa sus padres. Sedada, empujada como un borriquito, todavía con secuelas de la crisis emocional.

Esas navidades fueron muy especiales para la familia y la ciudad toda. El juez se hizo famoso por su "punch" de derecha y ella en el blanco de todas las lenguas del pueblo. Le costó Dios y su ayuda lograr el perdón y hacerla retornar a casa.

Se portó tan amoroso y hogareño los meses siguientes, que en la actualidad la consecuencia de sus afanes tiene nombre y anda por allí, dándoles pataditas a una pelota. Pero él, consumado mujeriego, no tardó en volver a las andanzas.

Al oír que el Juez la llamaba al despacho, la esbelta mujer sonriente acudió presurosa, sacándolo de sus cavilaciones. Traía unas carpetas en las manos y con un bolígrafo se tocaba la blanca y perfecta dentadura. Era pícara, bonita, de buen cuerpo, bien vestida y lo suficientemente provocativa.

"Bien valió la pena tanto embrollo". Pensó, lujurioso.

Le despertó la libido y casi manda todo al carajo para irse con la muchacha a un bar y después a algún motel. Ella, astuta, le leyó el pensamiento y se acercó más, casi tocándolo, clavando los ojos maliciosamente allí en la braga, como retándolo.

—¿Qué me le pasa doctor? ¿Le puedo ayudar en algo? —Dijo, socarrona, y con una sonrisa traviesa.

Él se pasó la mano por la frente, tratando de alejar tantos malos pensamientos. Desvió la mirada hacia un archivo y le ordenó, ronco, con una fingida sequedad:

—¡Prepara todo, que salimos por varias horas y lejos! No te olvides de los oficios para la policía y la guardia —le indicó—. ¡Ah! Dile "al tuyo"—así se refería irónicamente al mariquito—, que saque plata de la caja chica y compre refrescos, *Gatorade*, pollo asado del chino, algo para sándwiches y todo lo que haga falta. ¿Okay?

—¡Síii, señor! —Le respondió la morena, llevándose la hermosa mano a la sien. Cuadrándose como militar, sacando las abultadas tetas, parando las hermosas nalgas y dando media vuelta se alejó, meneándose con picardía..

—Esta, lo que busca es que le ponga otro muchacho... para darle más color a la cosa —murmuró para sus adentros.

CAPÍTULO III

ABANDONANDO LA CARRETERA principal y tomando un tortuoso camino de tierra, en el accidentado trayecto atravesando grandes pastizales, sembradíos de sorgo y maíz, se iban viendo señoriales casas, rebaños de buen ganado, tractores, maquinarias y demás implementos agrícolas.

Un par de horas de marcha y se llegaba entonces a un cuadriculado pueblito formado por una centena de humildes casas de bloques, techos de asbesto y llamativos colores, casi iguales entre sí. De esas que hacen los malos gobiernos para los pendejos.

Pasado el poblado, un ancho río pedregoso, llano pero con buen caudal, hacía que los vehículos con las llantas casi cubiertas por el agua dieran grandes brincos, topando los cuerpos de sus ocupantes, hasta salir chorreantes a una hermosa playa de blancas arenas.

Siguiendo el trayecto, se abría de repente ante los ojos una impresionante extensión de tierras planas, abandonadas, donde el monte alto y los arbustos dispersos amenazaban con ganar la batalla a los pocos pastos que crecían en el lugar.

Uno que otro galpón de zinc casi derruidos, con las puertas batiéndose al aire, hablaban de una pasada época de prosperidad. Alguna bestia flaca, rumiando a la orilla del camino, y de mirada perdida, hacía esfuerzos para mover la cola y espantar los insectos que pululaban hambrientos sobre ella.

Eran estas las famosas y controvertidas tierras en litigio. No cabía duda de su abandono por años. No se veían cultivos ni señales de recientes trabajos. Pero, sorprendiendo a los ojos, y a todo lo largo del camino, bordeándolo, aparecían macizos estantes de buena madera, nuevas alambradas, cortadas cada cierta distancia, seguramente a machetazos, por manos desconocidas: Era la fuente del problema. Señorones, politiqueros, gentes de nuevo cuño, llegados un día cualquiera de la ciudad en lujosos carros, comenzaron a cercar sin permiso de nadie kilómetros y kilómetros de tierras.

El primer día que se les vio llegar atravesaron el caserío a toda velocidad, levantando grandes nubes de polvo que llenaron con rojiza tierra la cara de los lugareños sentados frente a sus casas sobre troncos y sillas de cuero rústico, sacándose las niguas y sabañones, matando el tiempo que ya les sobraba desde la misma mañana.

Detrás vinieron otros camiones cargados de obreros, palas, picos, rollos de alambre, grapas, madera, tambores con agua, todo un equipo. Los paletos, recuperados de la sorpresa, se comunicaron entre ellos, mandaron a unos zagaletones en destartaladas bicicletas para seguir el rumbo de los visitantes.

No tardaron en regresar, sudorosos y jadeantes, con las malas nuevas de que sus tierras, las tierras de sus antepasados estaban siendo alinderadas y cercadas por extraños.

Los trabajos continuaron hasta que los problemas fueron surgiendo. Todo alambre que era tendido durante el día, por las noches era limpiamente trozado en varios pedazos. Se estaba desarrollando una silenciosa guerra entre invasores y pueblerinos. Ninguno reclamaba frontalmente al otro.

Hasta que una vez —bien entrada la noche—, callada y sorpresivamente, un contingente de la Guardia Nacional se trasladó sin hacer el menor ruido al lugar donde se ejecutaban las faenas.

Los soldados atraparon en plena destrucción a un nutrido grupo de personas —entre ellos niños y mujeres—, quienes armados de pinzas, machetes y otros objetos, se dedicaban alegremente a cortar los alambres y a sacar de raíz los recién instalados postes de alambrado.

Al ver a los militares, algunos echaron a correr, ocultándose en la maleza, pero varios tiros al aire los hicieron salir de sus escondites. A empujones y culatazos los zamparon en un camión militar y se los llevaron presos, y pasaron varias semanas en una cárcel de mala muerte, rodeados de ladrones y bandidos de la más baja calaña, sufriendo maltratos, vejámenes y el hambre hereje.

De allí en adelante fue imposible conciliación alguna. Los campesinos —ofendidos en sus más hondos sentimientos—, se creían con plenos derechos sobre las tierras, mientras la contraparte alegaba artículos de leyes que los apoyaban. En fin, se armó tal embrollo que la única solución debía lograrse con intervención de los Tribunales.

CAPÍTULO IV

PARA DESPUÉS DEL mediodía los vientos estaban calmados. Empleados y funcionarios del Tribunal, aprovechando el buen tiempo, subieron alegres a varias camionetas dispuestas convenientemente para su traslado.

Parecía más bien que iban de picnic. Hasta una guitarra metió alguien entre las vituallas, ocultándola con un plástico que alguien le acercó. Todo era risa, grititos, saltos y burlas ante las dificultades que pasaban algunas mujeres, algo rellenitas, al tratar de montarse en los altos vehículos.

El Juez, un chofer, su secretaria y amante, el primo y el mariquito, ocuparon la más lujosa de las camionetas y encabezaron la comitiva.

Al ver que todos daban muestras de regocijo, también se alegró. No era un viejo tufillas, amargado. Sabía disfrutar de las cosas buenas de la vida y si ésta le daba hoy limones, pues haría una limonada.

Mientras, el negro barrigón, líder de los alpargatudos, después del ventarrón que los dejó cegatos sin documentos y con las bocas llenas de tierra y basura, trataba de reagrupar a su gente, ya sin abogado porque —cagado de miedo—, se metió en su carro y huyó por las angostas calles llenas de huecos.

Al líder no le quedó otra opción más que la de regresar con sus pelagatos por donde habían venido. Lograron confirmar la partida del personal judicial y así, en el mismo destartalado autobús que los había traído, volvieron a montar a la carrera y salieron persiguiendo la caravana.

Nadie se percató de los negros nubarrones que se agolpaban en el cielo y que se movían velozmente, cambiando de rumbo sobre sus cabezas.

Rayos, truenos y centellas empezaron a producir un ruido atronador, que se calmaba por instantes para luego volver con más intensidad.

El chofer del bus hundía el acelerador a fondo. El alboroto, los aplausos y el vocerío de la chusma lo animaba a forzar el viejo motor. Parecía una carrera de locos.

El jolgorio llegó a su clímax cuando, pasada una pronunciada curva, vieron a lo lejos la cola de una de las pick-up que trasladaba a los funcionarios.

—¡Allá van! —Voceaban—. ¡No los dejes escapar!

Como si fueran venados.

Dentro del vehículo el viento, entrando a ráfagas, hacía volar todo. Sombreros, gorras, latas vacías, bolsas de comida y trapos, que salían disparados por las ventanas.

Confusión, gritos, palmadas, vítores al conductor que ya daba alcance a una de las camionetas y amenazaba con topar los parachoques.

Les resultaba gracioso y divertido, mientras que los ocupantes de la pick-up, aterrorizados, no veían el momento en que el bus los aplastaría.

—¡Malditos campesinos brutos! —Gritaba el conductor.

Peligrosamente cerca los dos vehículos, hicieron todo el recorrido hasta llegar al poblado. Avanzó el bus hasta un peladero que hacía las veces de placita, donde se detuvo. Bajaron sus ocupantes dando saltos como chivos, mientras que unos perros flacuchentos, corriendo detrás de una manada de harapientos niños, les daban la bienvenida.

Los demás autos, prosiguieron su marcha hasta el preciso lugar donde se estaban sucediendo las picaduras de alambres.

Comenzó a caer una ligera llovizna, cortante por el viento, y no se veía ni un pájaro en el cielo.

El Juez, ya pie en tierra, y a pesar de la lluvia, conversaba a duras penas con los peritos y fotógrafos sobre la manera de practicar el reconocimiento.

Debían darse prisa porque la lluvia arreciaba.

En su presurosa labor, sacaron cintas métricas que fueron extendiendo con extrema dificultad por varios metros. Casi no se distinguían entre ellos, las cámaras no cesaban de lanzar fogonazos de luz, las escribientes tomaban notas sobre papeles que amenazaban quedar empapados por el agua.

—¡Así no se puede! —Exclamó entre la bruma uno de los empleados.

—¿Cómo es la cosa? —Le espetó el juez—. ¡Esto lo terminamos hoy, aunque sea nadando! ¡Yo no vuelvo nunca más para esta vaina! —Casi gritó—. ¡Y no quiero recochineos!

Todos callaron, sumisos.

Batallando con la lluvia, el viento, el barro, los alambres caídos, la diligencia judicial avanzaba penosamente, hasta que por allá lejos, en dirección al pueblo vino el claro sonido de un disparo, luego otro.

Miraron asustados hacia la carretera. La lluvia, ya intensa, no dejaba distinguir nada. Unos segundos más y se escucharon varios gritos cuando un inmenso relámpago dejó ver las feas caras de unas gentes mal vestidas, empapadas, portando en sus manos palos, machetes, azadas, picos y tubos, marchando amenazantes, como sonámbulos, hacia donde ellos estaban.

No quedaba duda: se había formado una poblada, una turba enfurecida y con funestos propósitos.

Un horrible trueno, que pareció quebrar el cielo en mil pedazos, y varios rayos cayendo cercanos, terminaron por decidir la situación.

Ambos grupos, ahora en plena oscuridad y dominados por el miedo, los gritos y la desesperación, corrían sin saber hacia dónde, tropezando y chocando entre ellos.

Aquello era un pandemonio.

El viento rugía, golpeando inclemente la cara, los cuerpos de nativos y extraños. El agua cayendo casi horizontal, los bañaba, haciendo que fuera muy difícil mantenerse en pie. Pocos de los chupatintas acertaron dar con los vehículos, donde de seguro podrían pasar el temporal.

Sólo uno de los chóferes y el mariquito coincidieron con el mismo auto y luchaban estúpidamente entre ellos, tratando de abrir la misma puerta.

Al fin lograron meterse. Empapados, temblando de susto y frío se acurrucaron juntos, buscando calor. Esperaron silentes a la espera de oír llegar a los salvajes del pueblo. Nada pasó. Sólo el agua golpeando con terrible fuerza el techo, vidrios, puertas, por todos lados se escuchaba el siniestro ruido.

Ráfagas de viento bamboleaban el carro, amenazando peligrosamente con voltearlo. Nada se veía. El conductor, presionado por las llorosas sugerencias de su tierno acompañante de que se marcharan, encendió el motor buscando avanzar quién sabe adónde, pero sólo logró chocar otro carro que estaba parado delante.

Decidieron —después de una ñoña pelea—, mantenerse allí y esperar que algún día el maldito huracán se aplacara.

CAPÍTULO V

CUANDO SOLTARON LOS agudos gritos de alarma, al ver la inminente poblada el Juez, quien trataba de dictar a su secretaria algunas frases, fue presa del pánico.

Un frío temor le recorrió las piernas. Pensó miles de cosas, todas malas. Alcanzó a distinguir a unos tipos con amolados machetes al aire, vio su cabeza rodar de un limpio tajo, la sangre correr, luego repicado y al final quemado.

La mente se le nubló, soltó lo que tenía en la mano y emprendió loca y veloz carrera. Rosi, más aplomada, le llamaba inútilmente. Dando tumbos, sin dirección alguna, él sólo quería correr, alejarse de aquel maldito lugar. Para mayor desgracia tomó el camino contrario al sitio donde esperaban los automóviles.

No veía nada. Ya para ese entonces, todas las fuerzas de la naturaleza se habían desatado. Un horrible ruido silbante penetrándole los sentidos lo enloquecía, haciéndolo tambalear.

Sólo a gatas podía moverse. Se levantó, corrió unos pasos —enredado en bejucos y yerbas— y cayó, enterrando la cabeza en un cúmulo de blanda tierra llena de voraces hormigas.

Casi llorando se echo a morir. No quería avanzar más, no tenía fuerzas. En su loca carrera recorrió cientos de metros adentrándose en la sabana, en plena llanura que ya comenzaba a inundarse.

Creyó dormirse por segundos. Los goterones de agua penetrándole por la nariz lo hicieron reaccionar. A gatas primero, luego de pie, doblado sobre sí mismo para no caer, parecía un espantapájaros en medio de la nada. Se sentía el ser más desdichado sobre éste mundo.

Trató de ordenar un poco las ideas y volvió a oír ruidos cercanos, cuando el agua le cubría los tobillos. El miedo lo asaltó de vuelta y se despepitó en otra disparatada carrera. De pronto, sintió que su pierna derecha caía en un vacío y de seguido dos feos traquidos, como de huesos partidos, seguido de un horrible dolor. Cayó desmayado en las turbias aguas.

Los relojes indicaban que era todavía temprano, pero figuraba oscura noche. Escampó y en el cielo se veían millones de libélulas, perseguidas por cientos de aves.

El personal se reagrupó, haciendo inventario de los daños. Guardias y policías devoraban los pollos asados del chino, que con tanto empeño había encargado el jefe.

De él no se tenían noticias, ni se le veía aparecer por ningún lado. La preocupación de Rosi iba en aumento. Se trasladaron al pueblo, acompañados de policías.

Con las puertas y ventanas trancadas, parecía un pueblo fantasma. Dieron con el negro barrigón quien, con los codos sobre una gruesa mesa de rústicas tablas, temeroso, los atendió. No sabía nada del desbarajuste ni del juez.

Comiendo apresurado cuchara tras cuchara de una espesa sopa, miraba con ojos desorbitados a los de la ley. Era sincero, no ocultaba nada. Jamás vio otro aguacero igual en su vida.

—¡Señores, se los juro! ¡Estos son los fines de mundo! —Exclamó, persignándose repetidamente, y vuelta al tazón.

Regresaron a buscar al juez. La sabana, ahora cubierta de agua, semejaba un plato. Sólo arbustos y altas yerbas sobresalían en aquel sombrío paisaje.

El magistrado, en su ciega carrera, no detalló en un gran hoyo donde una vez estuvo enterrado un troncón. Metida su pierna hasta el fondo, sumado el impulso que traía, empujó su cuerpo hacia delante, partiéndose la pierna en varias partes.

Un intenso dolor y el agua ahogándole, le hicieron recobrar el sentido. Le costaba mucho moverse, pero debía levantarse. De lo contrario no tardaría en morir.

Logró, tras mucho esfuerzo, sacar la pierna fracturada. Sentado, con el agua golpeteándolo, miró a su alrededor. Sintió espanto. Aquello seria su tumba.

Desconsolado, iba a caer en llanto, cuando miró a varios metros algo que se movía sobre las aguas. Era una enorme serpiente que venía de frente hacia él. Sin pensarlo, instintivamente comenzó a golpear las aguas con ambas manos y a lanzar gritos. La bicha, más asustada que rabiosa, torció su rumbo y se perdió entre los pajonales.

Después de ese susto, ya no tenía fuerzas ni para respirar. Entregado, rendido ante su cruel destino, con la mente en blanco, iba dejando torcer su cuerpo hacia las marrones aguas.

Otro ruido, ahora más intenso, casi monótono, lo hizo enderezarse. Era un motor, un tractor quizás, una lancha. Empezó a gritar con todas las fuerzas que podían quedarle.

Efectivamente, era una lancha de la Guardia, equipada con motor especial para navegar en pantanos. Se detuvo bamboleante a su lado. Dos guardias se lanzaron al agua, cayéndole casi encima y brutalmente, sin cruzar palabra ni revisar al caído, lo tomaron de los brazos, cargándolo en vilo.

Poco diestros, terminaron soltándolo. Cayó pesadamente de cabeza al agua. Y se hubiese ahogado allí mismo, frente a sus rescatadores, si no hubiera sido por el piloto.

—¡Coño! —les gritó, furioso—. ¿Es que Ustedes no ven que ese hombre está herido y no puede pararse? ¡Pedazo de brutos!

Lo sacaron de nuevo del agua y cual saco de papas lo tiraron con rudeza dentro de la lancha. Sintió que todos los huesos traquearon. La lancha arrancó. Pensó que se elevaba hacia el cielo o hacia el infierno. ¡Qué más daba!

Pasados unos minutos, el Juez, ya más consciente, extendido su cuerpo sobre sogas y pedazos de madera y adolorido pensaba que si se salvaba de ésta, buscaría a los guardias zarandajos y con sus propias manos los mataría. Cerró los ojos.

En el atracadero, expectantes, reunidos todos, parecían mendigos. La Rosi, con la ajustada blusa empapada que se le adhería a la piel dejando ver las hermosas tetas, bajo la mirada pecaminosa y sin remilgos de los policías y el mariquito, temblando de un falso frió, que recibía cálidos y especiales tratos del chofer. Dos escribientes con cara de idiotas, registraban las cuerdas de la guitarra que todavía goteaba agua. Mientras, el primo se bebía un largo trago de ron que el barrigudo negro le ofrecía.

El oficial a cargo, ya enterado por radio de lo sucedido, expresaba su júbilo por la suerte de haber dado con el hombre en medio de tan feroz temporal y en unas sabanas inundadas.

—¡Un milagro! —Gritaba a todo gañote—. Eso es. ¡Un milagro de la virgencita!

El modesto policía, que tuvo la genial idea de acudir al embarcadero de la guardia para solicitar ayuda, era felicitado con palmadas por sus compañeros y en especial por Rosi, que prometió hacerle un presente tan pronto salieran del aprieto.

Eso lo alegró mucho. Sabía que esa gente hacía buenos regalos y eran de billete.

"¿Qué será?" —Pensaba.—. "A lo mejor me dan plata, o un reloj... No como su jefe, un pobretón igual a él, aparte de roñoso. Ese, ni las gracias le daría. Cuando mucho una tarde libre para irse a beber unas cervezas fiadas al botiquín del compadre. Bien pendejo, mi jefe", se dijo.

Y soñando, se alejó, risueño y masticando un descarnado hueso de pollo.

CAPÍTULO VI

MINUTOS DESPUÉS ERA jaloneado otra vez. Tosiendo y vomitando, lo cargaron, sacándolo de la lancha y acostándolo en el húmedo piso de tablas del embarcadero.

Los paramédicos, acudieron en su ayuda. Conocedores de su oficio, lo ubicaron con cuidado en una camilla, lo amarraron y trasladaron —bajo la preocupante mirada de los empleados—, hasta una ambulancia que ya esperaba para llevarlo al centro de salud.

Rosi, se le acercó, abrazándolo y besándolo con lágrimas en los ojos. Trataba de peinarle los cabellos, quitarle las hojas y la tierra de la cara, que la tenía hecha un desastre. Parecía más bien a un Cristo, después de las sopotocientas caídas.

El Juez, amarrado como estaba, sin fuerzas y adolorido, apenas pudo hacer el intento de darle un beso que se lo tragó el viento, porque un camillero la apartó de un violento empujón, al tratar de sacar una rueda de la parihuela atascada en una ranura entre las tablas del piso, la cual rodó velozmente hasta chocar y detenerse detrás de la ambulancia.

Dentro de la ambulancia una enfermera preparaba con destreza vendajes y ampollas para aplicarlas al herido, quien trataba de mover la mano, como despidiéndose de los curiosos que asomados a las puertas, lo miraban inquietos.

El carro arrancó a toda velocidad, salpicando de barro a los presentes. El conductor —estúpido—, encendió la sirena cuyo molestoso y estridente ruido espantaba a los pájaros y burros, que eran todos los seres que podían andar por esos solitarios caminos.

Lloviznaba otra vez. La negra noche se les venía encima y la ambulancia tragaba más y más carretera, hasta que al fin pararon frente a un hospital de una ciudad, que no era donde el juez vivía, porque fue imposible llegar ya el único puente de conexión, se lo había llevado el río con su soberbia crecida.

Los médicos de turno curaron al herido, brindándole los primeros auxilios. El caso era grave, pero no tenían quirófano y equipo adecuado para operarle. Debía ser trasladado con urgencia a la capital de otro estado. El paciente, estable ahora, corría riesgo de empeorar de no ser intervenido prontamente.

Equiparon el tanque de gasolina, llenaron sus barrigas, dieron de tomar algo al enfermo, que tenía las tripas pegadas del hambre, y partieron a toda marcha.

Tres paramédicos, el conductor y un enfermo. Cada quien en su sitio, sumidos en sus pensamientos, en una noche lluviosa y negra se aventuraron al largo viaje. La sirena pitando rompía el oscuro silencio.

El Juez entre sabanas limpias, amarrado con correas por todos lados, dormitaba. No sentía dolor alguno por los efectos de la morfina. Mientras, el tarambana del chofer recorría velozmente la carretera mal señalizada, húmeda, con ramas y objetos de todo tipo atravesados como consecuencia del huracán.

En un momento, trató de encender un cigarrillo pero éste cayó entre sus piernas. Quiso agarrarlo para no quemarse y perdió el control del volante. Un frenazo y la ambulancia derrapó, saliéndose de la carretera. Un fuerte golpe contra algo, un brinco y, dando varias vueltas por el profundo barranco, fue a detenerse en el fondo con una gigantesca piedra.

Las luces encendidas alumbraban tétricamente hacia lo que parecía un río. La bendita sirena no cesaba de pitar.

En el interior, el caos. La camilla se había caído y ahora el enfermo yacía de lado. Increíblemente estaba vivo, con los grandes ojos abiertos, mirando a cualquier parte, sin comprender qué había sucedido. Tantas correas apretándolo le salvaron de morir aplastado.

Abundantes gotas de sangre caían sobre su cuello, rodándoles por el pecho. Eran de la enfermera cuyo cráneo fue despachurrado con tal fuerza, que los ojos escapados de las órbitas, cayeron sobre la pierna fracturada del paciente.

El otro enfermero, cubierto de sangre, permanecía tirado contra las puertas. Se le sentía respirar, pero no se movía.

El chofer y su acompañante murieron instantáneamente. El primero aprisionado contra el volante y los hierros retorcidos y punzantes. El otro, expelido fuera del carro por los fuertes impactos, resultó aplastado y triturado en una de las volteretas. Su cuerpo, había sido partido en la mitad y las vísceras dispersas daban un macabro aspecto al oscuro paisaje.

Transcurrieron largas e interminables horas. De pronto, el Juez escuchó ruidos de personas, sirenas de ambulancias, y el chirrido de lo que parecía una grúa, hasta que lograron izar la camilla con su quejosa carga, pues ya los efectos de la anestesia estaban pasando y el dolor volvía con mayor intensidad.

Bien pasada la medianoche, la nueva ambulancia rompía el silencio con otra sirena. Llevaba en su interior, al juez, dormido como un bebé, a consecuencia de la enorme cantidad de somníferos que le habían inyectado.

Al verlo torcer el pescuezo como un gallito, la enfermera se asustó y le propinó varias cachetadas. No reaccionó, repitió la dosis de manotazos y nada.

—¡Este carajo como que se mató en el choque y me lo tiraron a mí, la más pendeja! —protestó, en voz alta—. Por si acaso y las moscas pican... voy a poner en el libro diario que sólo recibí cuatro ampollas de morfina. ¡Qué se la cale otra!

Encendió un cigarrillo y se arrellanó en su butaca, no sin antes golpear el vidrio del conductor para gritarle.

—¡Negro! ¡Deja de correr tanto! ¿Es que vas a cobrar una herencia?

El hombre peló los dientes y aceleró todavía más.

A lo lejos las luces centellantes indicaban que la ciudad estaba cerca. El chofer, temerario, dio más gasolina al motor que rugió con ganas.

Entró velozmente con su escándalo a una amplia avenida, bien alumbrada. Se veían trazos del ventarrón, pero nada serio, no estuvo en el paso de la bestial tormenta.

Sin dejar de correr, cruzo varias calles y al tratar de enfilar hacia el centro hospitalario, tomando la curva muy pronunciada, el vehículo se fue de costado yendo a estrellarse estrepitosamente contra un poste del alumbrado. Rebotó con el fuerte impacto y, torcido, rodó varios metros sólo en dos llantas. Terminó golpeando la pared de un edificio y volcando.

Las correas se reventaron y el juez fue a dar de cabeza contra un gran cilindro de oxígeno. Los equipos médicos empezaron a llegar y cayeron sobre el destrozado cuerpo del amante de Rosi, que ya no sentía nada. Su mala estrella le había regalado dos días increíbles, muy especiales.

Por insólito que pareciese, el Juez respiraba dificultosamente cuando llegó el auxilio. A su lado la enfermera con un ensalivado cabo de cigarrillo entre los labios yacía muerta. Una de las patas de la camilla le atravesaba el pecho.

El conductor y el acompañante estaban heridos de gravedad. Politraumatismos generalizados hacían peligrar sus vidas.

CAPÍTULO VII

EN SU CÓMODA casa, la señora del juez estaba intranquila, rabiosa. No tenía noticias de su marido durante todo el día, la única que obtuvo, seca, pero respetuosa fue la de una escribiente.

—El doctor salió con su personal para realizar una inspección —Le dijo.

—¿Y la señorita Rosi? —Preguntó la mujer, insidiosa.

—Ella también se fue con él —Contestó con cautela, la empleada judicial.

—¡Maldita putona! —Replicó con odio, y colgó el teléfono de un golpe.

Frunció las nalgas. Otra vez el calorcito comenzó a invadirla. Respiró profundo —genial recomendación de su médico en situaciones de apremio—. Se tragó unos sorbos de agua mientras asomada a la ventana veía las ramas batiéndose de un lado a otro.

Repicó el teléfono. Presurosa levantó la bocina. Una lejana voz de hombre gangosa, casi inaudible, refería de un accidente que había tenido su esposo, quien había sufrido graves daños en las piernas.

Pidió más detalles, pero la comunicación se cortó. Entró en sospechas. Se olvidó lo de la respiración.

—Esa es otra mentira de ese desgraciado. ¡Maldito sea! ¡Y qué una pierna rota! —Vociferó—. ¡Esa vaina no se la cree nadie! ¡Entre las piernas de la puta de Rosi de seguro sí está!

Seguía gritando ante la atónita mirada de sus hijos que metían las manos en un gran tazón de maíz inflado, viendo la tele.

—Le volvió a dar la sirimba a mi mamá —Murmuraban, asustados.

Los dientes y puños apretados por la ira, los celos carcomiéndole el alma. Daba la impresión que iba a explotar, caminando de aquí para allá, sin dejar de hablar.

—Pero los voy a encontrar. ¡De hoy no se me salvan los muy hijos de puta! ¡Llueve, truene o relampaguee, hoy me las van a pagar todas juntas! —No podía dejar de hablar—. Piernas, piernas... —repetía sin cesar, como loca, caminando resueltamente hacia la puerta.

Trató de abrirla, pero no pudo. Ella misma le había echado llave, por temor al fuerte viento.

—¿Adónde las puse? ¡Carajo!

Caminaba la pobre desesperada de un lado a otro, rebuscando, desordenándolo todo, zumbando por los aires libros, cojines y papeles.

—¡Coño! Pero ¿adónde metí esas maldi...?

Y tropezando sin concluir la frase, con unos cables en el suelo que había desordenado en su insensato deambular, cayó en seco, golpeándose la barbilla contra el duro piso.

Aturdida, pataleando, impotente se deshizo en lágrimas.

—¡Mami! ¡Mami! —Chillaban los niños tratando le levantarla.

Estaba "grogui" del golpetazo recibido. Se sentía miserable, desdichada. Llorando, inconsolable se abrazó a con sus hijos, que también lloraban, y los apretó contra sí.

CAPÍTULO VIII

AÑO Y MEDIO después, pocos en la ciudad recordaban el huracán. Sólo el Juez y su entorno familiar no podrían olvidarlo jamás.

Pasó casi un año en el hospital. Le practicaron varias operaciones en la pierna, pero donde sufrió el mal mayor fue en la cabeza.

Gran parte del cráneo tuvo que ser sustituida por placas, clavos y metales. Ahora varias veces al día debía tragarse un puñado de pastillas de diversos tamaños y colores. Con frecuencia sentía mareos, cefalea y náuseas que le hacían la vida insoportable.

La incorporación al trabajo y su normal desempeño no era total. Debía ausentarse con frecuencia debido a los malestares. Todo se le permitía. Era prácticamente un héroe en vida. El único en la ciudad, aparte de los de cemento que adornaba la plaza principal.

—Ejemplo a seguir por todos los ciudadanos —dijo una vez un orador chupamedias, durante uno de los múltiples agasajos que no dejaban de tributarle—, que llegó casi a perder la vida en el cumplimiento del sagrado deber.

La que no se tragaba el anzuelo, el cuentito ese de héroe, era su mujer, quien en un principio, de atenta y abnegada esposa, fue cambiando a medida que el hombre se recuperaba.

Es verdad, lo tuvo para ella solita, con carácter de exclusividad, por mucho tiempo. Pero ahora ya el hombre manejaba y se desenvolvía muy bien. Con muletas y todo, salía a dar prolongados paseos.

Hasta, por recomendación de un desconocido médico, se fue a una bella playa, en la cual —con varios amigotes— pasó casi una semana. Incluso bebió varios tragos del mejor escocés, siempre bajo la atenta mirada del tal galeno, que ella nunca conoció.

Rosi, aparentemente echada a un lado, se mantenía tranquila, alejada. Hacía un par de meses que había pedido permiso de reposo. Necesitaba ausentarse del trabajo, aquejada de una imprevista enfermedad. A nadie le pareció extraño. Cualquiera se enferma, aún siendo joven y con tan bella estampa.

La guerra comenzó cuando, una tarde cualquiera, se le vio bajar de un avión con un rollizo y blanco bebé entre los brazos. La acompañaba su madre y una hermana. Todas se veían felices, cargadas de cajas y maletas. Reían con gusto, sonoramente, repartiendo saludos y besos a familiares y conocidos.

A la Rosi se la veía más provocativa y exuberante. Pareciera que con cada parto la muchacha ganaba belleza.

La noticia corrió y esa misma noche la casa del juez, por largo tiempo en sosiego, volvía ser escenario de una espectacular trifulca. La doña, armada con un palo que consiguió en el solar lo perseguía, amenazándole con romperle el cráneo, ahora de acero.

Ambos corrían de un lado a otro, pero mientras que ella tenía sanas sus dos buenas piernas, el Juez había quedado chueco, de manera que la doña rápidamente le dio alcance, justo cuando estaba entrando en la cocina.

El primer palazo lo cimbró. Los otros le dieron en la mera torre. Se le fueron las luces por segundos. Sólo atinaba a cubrirse la cara con sus largos brazos, como hacen los boxeadores, mientras la mujer lo castigaba en el resto del cuerpo.

Viéndose en verdadero peligro, el hombre la entrompó y volvió a ser uso de la única arma que podía salvarle la vida: su letal derechazo.

MALAS RAZAS

CAPÍTULO I

LOS ANCESTROS ABANDONARON sus hogares destruidos por las continuas luchas, invasiones y genocidios. El hambre y las penurias azotaban aquellos pueblos de los Cárpatos europeos.

Recorrieron más de quinientos kilómetros encaramados en los fríos Balcanes. Sin comida, ni abrigo hasta tocar el tormentoso Cabo Emine, en las riberas del Mar Negro.

Un viaje peligroso a través de unas tierras en conflicto donde todos se veían y trataban como enemigos y traidores. De allí, pagando con lo poco que tenían, como polizontes pasaron a Estambul. Seguidamente atravesaron el Egeo, sorteando cientos de islas y peñones hasta que por fin un día nublado y gris vieron las aguas mediterráneas.

Apelotonados en un gran barco sin bandera definida, lograron pagar los boletos y junto a otros desesperados partieron rumbo a América, donde arribarían casi treinta días después de una larga y tortuosa travesía.

Corría el año mil novecientos cuarenta y siete cuando recalaron en una tierra húmeda, caliente, bañada de un costado por un inmenso lago y del otro lindante con un pequeño pueblucho, fabricado de hojalata, cartón y tablas, con calles de tierra, sucias, cruzadas por aguas negras y putrefactas que salían de los ranchos.

Niños de ambos géneros, morenos, barrigones, semidesnudos y mostrando sin pudor sus desarrollados sexos, corrían entre aquella podredumbre jugueteando, empujando con la mano una vieja llanta de carro.

Pero la tierra era rica, muy rica. Ambiente expedito y fértil para que cualquier cristiano con dos dedos de frente hiciera a montones dinero fácil.

Los nativos eran pobres, incultos, analfabetos casi todos.

Amables, risueños, curiosos al principio, al ver aquellas grandes y redondas cabezotas rapadas, perforadas por unos ojos saltones, azules como canicas, no tardaron en acostumbrarse a verlos y los aceptaron sin remilgos.

Casi siempre los refugiados, desplazados y perseguidos de cualquier naturaleza desde los inicios del mundo, eran rechazados o recibidos con recelo, trabas y objeciones en cualquier tierra extraña. Pero allí era distinto. Estas personas carecían de malicia o resentimiento.

Por su parte, ellos así lo percibieron. Buscaron entonces adaptarse al insoportable calor, a los olores y colores, a los frutos y a las comidas exóticas: fritangas de pescado, carnes, vísceras, todo cocinado, vendido y comido en medio de la calle, a mano limpia o servido en hojas de bananos. Eso les desagradaba un poco, pero decidieron recomenzar sus vidas en aquellas lejanas tierras.

Con soberbio tesón y gran capacidad de trabajo, los tres hermanos —que tenían conocimientos de soldadura, mecánica, y eran diestros con las herramientas—, ingresaron rápidamente a la pujante y próspera industria minera y, gracias a la ignorancia de los nativos, mejoraron rápidamente su situación.

Eran gente ruda, basta, a quienes les gustaba aprender las frases más soeces y vulgares del idioma para soltarlas en cualquier lugar y ante quien fuese. La gente, al oír semejantes palabrotas en boca de aquellas cabezas rapadas, no hacía sino reírse y tomarlo a guasa. Eran gritones, zafios y camorreros por naturaleza.

Cuando en tropel llegaban en cuadrillas a los bares y prostíbulos, el dueño podía estar seguro de dos cosas: que iba a ven-

der toda su existencia, y las putas obtendrían pingues ganancias, y al final tendría que llamar a la policía para que no se
mataran entre ellos a los golpes y silletazos.

CAPÍTULO II

PASADOS LOS AÑOS casaron con criollas que de sumisas cam-
pesinas pasaron a ser altivas y groseras como sus maridos.
Aprendieron a comer, beber y actuar como ellos.

Pero no les sentaban bien aquellas actitudes debido a su
color moreno y lo regordeta de su figura. Crearon así un este-
reotipo en el barrio: bufo, casi ridículo. Pero como tenían dinero, buen trabajo y vivían en los campos exclusivos de la
compañía, con todo y la plebe, eran objeto de envidia y hasta
trataban de imitarlas.

Y fueron naciendo los hijos, criados y educados en la rudeza, la tosquedad y los golpes desmedidos, inclementes y casi
asesinos de la raza.

La vida en sus casas funcionaba sobre la base de gritos,
golpes, patadas y empujones. Así, aún cuando las casas estaban
bastante separadas unas de las otras, con paredes de bloques y
cemento, los vecinos podían enterarse sin esfuerzo de todo lo
que ocurría en esos hogares. Lógico, esa manera de vivir no
permitía intimidades ni secretos de ninguna índole.

Siempre resultaba cómico e impactante verlos saludarse
cuando algún pariente o amigo los visitaba. Profusión de besos, abrazos, fuertes apretones, gritos, groserías, risas y empellones, todo un espectáculo.

Comida nunca faltaba ya que disponían de soberbias tarje-
tas del comisariato donde prácticamente se la regalaban. De tal
manera que toda el hambre atrasada y sufrida durante los años
de guerra y escasez, fue mitigada con creces.

Engordaron, se hicieron fuertes. Sus hijos crecieron más
que los otros y la rancia raza de sus antepasados empequeñe-

cida por las hambrunas y las tribulaciones, despertó en este nuevo mundo.

Casi parecía que sus descendientes no iban a dejar nunca de crecer y engordar. Sin llegar a ser obesos eran prácticamente unos toros.

Si en un carro podían caber cinco personas normales, de ellos sólo tres, máxime cuatro. Si por casualidad algún nativo osaba viajar entre ellos, de seguro llegaría a su destino estrujado y con dolores en todo el cuerpo.

Tenían también la repugnante costumbre de lanzarse sonoros y pestilentes pedos y eructos, que eran celebrados con pitorreos entre ellos, condenados por ajenos y respondidos al instante con otros de igual hedor y sonoridad sin importar el lugar.

El interminable concierto de pestíferos y sonoros pedos había comenzado.

Capítulo III

Los hijos, en su gran mayoría ingresaron a buenas universidades y a fuerza de sangrientas palizas, torturas y castigos medievales obtuvieron sus títulos.

Al momento de graduarse, casi todos ya tenían esposa e hijos. Esto hacía que sus padres tuvieran doble o triple gasto familiar, pero nunca los abandonaban.

Así, llegaron los nietos y las familias se ampliaron significativamente.

Para entonces, ya los hijos daban muestra de que la raza vikinga y criolla era una mezcla explosiva, casi de terror.

Tanto así, que una vez reunidos varios primos y hermanos en una de esas casas de familia, uno de ellos se preparaba un sándwich utilizando para tales efectos un cuchillo eléctrico recién salido al mercado.

En eso estaba cuando otro primo vino a importunarlo y de un impulso y sin mediar palabra, le rastrilló con fiereza el cuchillo por la panza, ocasionándole tan grave herida que ameritó cientos de puntos de sutura.

El afectado, con las manos apretándose la barriga, tratando de contener la sangre y las tripas que ya asomaban, salió disparado hacia la puerta buscando socorro, mientras que el victimario arrimaba una silla y se sentaba tranquilamente a despachar su emparedado.

Tal era el ambiente donde la primera generación creció y se formó.

Aconteció que prosperaron unos más que otros, como suele suceder, pero todos mejoraron notablemente su nivel de vida. Con trabajos independientes, con profesiones liberales, en compañías o trabajando para el gobierno, ascendieron visiblemente en el orden social y económico, pero nunca olvidaron sus toscas y salvajes costumbres.

Era notable cómo mantenían fuertes lazos de unión entre ellos. Los viejos comenzaron a morirse y los nietos a rebelarse de lo que siempre habían considerado el injusto y salvaje yugo familiar.

Con todos los problemas y avatares que suponía levantar una familia los padres, esforzándose al máximo, ejercían un estricto control que en síntesis se basaba en la administración de crueles castigos, iguales a los que ellos recibieron en su momento de sus progenitores.

Las hembras sí que parecían seres de otro mundo. Tiernas, delicadas, bellas y sensibles, parecía que no encajaban en ese ambiente.

Crecían bastante ajenas a todo aquel infierno. Taciturnas, sí, pero no tontas, mostraban un leve aire distraído que las hacía más bellas, misteriosas y atractivas.

En contraposición los varones eran la copia fiel y exacta de los padres y abuelos: toscos, rebeldes, groseros, dados a la zafiedad y la ordinariez.

CAPÍTULO IV

UNA DE ESTAS familias con sus seis miembros, que era notablemente próspera, se trasladó a una ciudad de clima más benigno, ubicada en las montañas del interior del país.

La vida pueblerina era tranquila y sosegada. Les agradó y rápidamente se ganaron la estima y el aprecio de sus vecinos. Se les veía siempre activos y ninguno parecía haber salido holgazán, excepto uno de ellos: el primogénito.

Algo díscolo y retraído, no parecía ser parte del congruente grupo familiar. Adorado por la madre —pese a sus muchos defectos—, era menospreciado en la familia y execrado por el padre.

Con sus veintitantos años de edad abandonó los estudios, y como tampoco perseveraba en los trabajos y debido al repudio de su propio padre, su carácter se fue tornado más grave e irascible.

Comenzó a llevar una vida errante. Parecía un gitano, como muchos de sus antepasados. En su alocado deambular se unió con malas amistades, hundiéndose en el mundo del alcohol, la marihuana, la cocaína y al final en la peor y más barata de todas: el letal *Crack*.

Cuando el padre se enteró de la vida que su hijo estaba llevando lo expulsó de la casa familiar, con semejante rabia y dolor con las que el creador debió sentir al expulsar a Adán y Eva del Edén.

Y tanta fue su tristeza y la desdicha que sentía por haber despreciado a su hijo, que un día enfermó seriamente y quedó postrado en una cama por varios días.

Las horribles tribulaciones del alma quedaron reflejadas en su columna vertebral, ya que terminó casi paralizado por completo de la cintura hacia abajo.

Entonces fue que comenzaron las desgracias, como si toda la familia hubiera sido objeto de una maldición, que se hubiera abatido sobre ellos.

La pobre madre, callada, sumisa y excelente esposa y ama de casa, era la que más sufría: Veía impotente cómo los seres que más amaba en la vida se odiaban entre sí y cómo ambos habían enfermado gravemente.

El muchacho, como consecuencia de los excesos de la droga, comenzó a padecer convulsiones y espasmos que le duraban varios días.

Por cualquier vía ella se enteraba que su hijo estaba en problemas y, presurosa, acudía a socorrerlo donde fuera, aunque para ello tuviera que desacatar las órdenes tajantes de su marido, que le había prohibido todo contacto con ese hijo, al que él consideraba un maldito.

Corría ella sin importarle, dando muestras de arrojo y osadía, auxiliando a su amado hijo hasta que lograba recuperarlo y tornaba presta, entonces, a aliviar los terribles dolores que sufría, por otro lado, su marido.

La memoria —sin proponérselo—, le trajo recuerdos de su primer embarazo. No podía dejar de ver a ese hijo como el niñito que hasta pocos años antes llenaba de regocijo las horas del día con sus risas y retozos.

Recordaba también cómo su marido —que aún era un estudiante universitario—, la había enamorado y ella le correspondió sobradamente, dándole por amor ese precioso fruto de su vientre.

Habían sido tiempos de sublime alegría para ambos, sin que les importara las condiciones de vida, que para ese entonces eran bastante humildes y precarias. El dinero y las posesiones no importaban.

Lo único que tenía valor para ellos es que se amaban intensamente, casi con miedo de perder esa gran felicidad que ninguno había imaginado que era posible sentir al ver y tener en los brazos a esa hermosa criatura con que Dios los había privilegiado.

Nacieron otros hijos, era cierto. Y a todos los quería pero para ella —y esto era algo que le avergonzaba reconocer—,

ese hijo, ese primer retoño producto del amor, fue siempre el
predilecto en su corazón.

Al ir creciendo, ella iba advirtiendo que el carácter de su
hijo no era igual al de los otros. Rebelde, indócil, desobediente
y reacio a recibir órdenes de cualquier tipo, vivieran de donde
viniesen, empezó a darse cuenta que lo que hacía era como si
quisiera meterse en problemas.

A causa de ello y teniendo apenas cinco o seis años se
hizo merecedor de las crueles palizas por parte de su padre,
que le dejaban su cuerpecito amoratado y con dolores que
tardaban mucho tiempo en aliviarse.

Pero aún a tan tierna edad, no cejaba. Y a más palizas, más
rebeldía y desobediencia.

Al llegar la adolescencia se tornó más reacio, porfiado y
casi incorregible. Cuando cumplió catorce años era el más alto,
corpulento y fuerte de todos sus compañeros del colegio. No
rehuía las peleas y no se acojonaba ante nadie. Pero pese a
toda su fuerza y su valor, el padre le imponía mucho respeto y
miedo como para atreverse a enfrentarlo abiertamente.

Entonces le dio por cometer todo tipo de locuras y tropelías, con tal de conseguir droga. Pequeños hurtos a sus padres,
en los negocios y hasta en las grandes tiendas, y al final se llevaba todo lo que podía sin importarle a quién robaba.

De temperamento violento, osado y temerario, era dado a
trifulcas callejeras aunque después —como arrepentido peniten-
te—, caminaba errabundo por los montes o iba a parar al fon-
deadero donde permanecía holgazaneando, comiendo lo que
le daban o lo que conseguía.

Así, durante varios días hasta que se le disipaba la cólera,
se mitigaba un poco el odio y entonces volvía a regresar a la
casa. Sin decir palabra se bañaba, comía y se encerraba en su
cuarto, donde pasaba la mayor parte del tiempo, hasta que la
necesidad de una nueva dosis lo hacía salir.

Tal desparpajo e insolencia alteraba en extremo al padre, quien varias veces estuvo a punto de matarlo a palos y puñetazos, y sólo las oportunas intervenciones de vecinos y familiares impidieron tal propósito.

La madre, desesperada al ver a su bien amado hijo en tan deplorable estado, lo acompañó a médicos, psicólogos, brujos y rezanderos por si había sido victima de algún mal echado por gente envidiosa y perversa.

No escatimó esfuerzos, viajes ni dinero con el anhelo ferviente de ver a su hijo recuperado. Pero nada resultaba. Mejoraba por algunos días y vuelta a la recaída.

Los años fueron pasando y la situación se tornaba cada vez más grave e insostenible.

CAPÍTULO V

MUY DISTINTAS ERAN las hembras, que habían nacido cuando la abundancia reinaba ya en la casa. No habían padecido escasez alguna, sin ser ostentosas, lucían bonitos trajes y disponían de sus propios cuartos separados repletos de muñecas, juguetes y chécheres infantiles.

La dulzura de las niñas matizaba los ratos amargos que sufría el padre por culpa de su descocado hermano. Ellas no ocasionaban quebraderos de cabeza, eran disciplinadas en los estudios y tan en extremo dóciles y obedientes como en sentido inverso lo era su hermano. Tan grandes eran las diferencias, que no parecían ser miembros de la misma familia.

Cuando empezaba una discusión y se armaba un nuevo follón, corrían como cucarachas rojizas, crinejas al viento, a esconderse debajo de sus lujosas camas.

Una vez encerradas, con las manitas tapándose fuertemente los oídos, permanecían quietas y calladas hasta que suponían que la batalla había terminado. Por lo general, en esas ocasiones, se quedaban dormidas y tenía que venir la madre a sacarlas, tirando de sus piernitas.

Pero nunca preguntaron nada, sus cabecitas no entendían todos aquellos desastres que temporalmente se suscitaban en la familia, y siempre con el mismo hermano.

Ellas no lo veían como un malvado, por el contrario, jugaba con ellas y siempre les traía una que otra inusual golosina —de las que no se consiguen en los buenos supermercados—, o algún peregrino juguete fabricado con sus manos o conseguido por allí en una de sus largas caminatas.

Les gustaba tocarle la ancha cara llena de cicatrices, verdes y moretones, y a su hermano el dolor se le pasaba en esos momentos cuando se entregaba, manso, a las tiernas caricias de sus hermanitas.

Con un hermano como el que tenían, ellas siempre se sentían protegidas y hasta se ufanaban ante sus amiguitas y compañeras de colegio, del temor que despertaba su hermano en los otros jóvenes.

Era para ellas como un dios —quizás algo sucio y descuidado—, pero un dios al fin y al cabo. ¿Por qué entonces se repetían aquellas horribles peleas y discusiones con su papá? No lo podían entender. Les resultaba incomprensible que su hermano y su padre se enfrentaran una y otra vez y se hicieran tanto daño mutuo.

Ahora, transcurridos los años, ambas muchachas en plena juventud, bellísimas, tiernas, dulces, deambulaban por aquella casota tratando de quedar al margen de los llantos, las quejas y los dolores de los miembros de la familia.

Si algo no querían era entrometerse en las sempiternas peleas entre ellos. Y como ya no podían salir corriendo a esconderse, simplemente las evitaban, ignorándolas.

Abandonaban temprano la casa para asistir al colegio donde estudiaban y regresaban para el almuerzo —nunca les gustó comer fuera, aún con suficiente dinero—, regresaban al instituto para las clases de la tarde y luego regresaban a la casa.

Se ocupaban de sus tareas hasta que llegaba la hora de la cena. Después veían algún programa de televisión, y daban el último repaso a sus estudios antes de irse a dormir.

Trataban de mantener esa rutina incluso los días festivos, que, por cierto, eran los más propensos a las reyertas familiares. Ello las hacía parecer como ajenas al mundo atroz en que vivían y que se deshacía a pedazos ante sus ojos.

CAPÍTULO VI

SERÍAN LAS DOS de la tarde de aquel aciago lunes durante el cual —pensaba la madre—, su esposo no vendría a almorzar. Su descarriado hijo estaba en la puerta y ella, madre amorosa al fin, no podía negarse a dejarlo entrar a la casa.

Lo abrazó largamente sintiendo que el corazón se le hinchaba de tristeza y satisfacción. Le sirvió comida caliente, recién hecha y comenzaron a charlar animadamente.

De repente se escuchó que un carro se detuvo al frente. Sintió el ruido de las llaves abriendo la cerradura y, petrificada, vio con terror entrar a su marido.

Traía un portafolio en la mano y al levantar la mirada vio que su hijo comía tranquilamente, devorando un pedazo de plátano asado.

Verlo, soltar el maletín y abalanzarse sobre él fue todo uno. Los platos saltaron por el aire. La madre, como pudo se apartó de aquella lucha de dos hombres enfurecidos, temerosa y despavorida.

Mesas, sillas y lámparas, todo se deshacía bajo el peso y los golpes de esos dos seres de la misma sangre, enfrascados en una horrible lucha dominados por el odio.

Ninguno de los dos daba señales de querer detener aquella lucha insensata y salvaje. La madre superó su miedo inicial y se interpuso entre ambos. Gritaba y lloraba y en un momento, víctima de un shock emocional, cayó desmayada.

—¡Mira hijo de puta..! Mataste a tu madre! —Gritó.

El hijo se rindió, dejó de pelear y pudo entonces el padre golpearle a mansalva hasta quedar exhausto y a punto de sufrir un infarto.

Ambos sangraban profusamente por varias heridas en la cara y el cuerpo y tenían la ropa hecha jirones.

El odio, la repulsión mutua iba en aumento y estaba la pelea por recomenzar cuando el hijo, viendo a su madre en el suelo, inmóvil, optó por abandonar la casa.

El padre jadeando y con gran dificultad, recogió a la esposa del suelo, la montó al carro y partió hacia el hospital.

CAPÍTULO VII

SAM DORI, POR ese entonces, asesoraba a su amigo y padre del joven díscolo, cuando meses después de aquel terrible suceso fue invitado con cierto sigilo por la madre para tratar un asunto legal, pudo escuchar de su propia boca el cruel y triste relato de la cruenta pelea.

El relato lo turbó y conmovió profundamente. Eran sus amigos, compañeros durante largo tiempo. Hoy los problemas familiares los sumían en la debacle más triste.

Se levantó al ver llegar a unas de las hijas, la menor. Justos quince años de pura belleza y candidez.

Se acercó a Sam y lo besó, lo mismo hizo con su madre.

Dejó los libros sobre la mesa y fue a servirse algo de comer a la cocina. De regreso venía sonriente, masticando algo y se arrellanó en su silla.

Comía con apetito, mientras hablaba de sus clases sin dejar de sonreír ante las ocurrencias que Sam le contaba. Cuán bella le parecía aquella niña.

Sin terminar de comer, se levantó y abriendo una gran gaveta, extrajo un hermoso sobre que le entregó a Sam.

—Es la invitación a la fiesta de mis quince años —dijo sonriente—. Espero que asistas con la familia. Va a ser en el Club de Leones.

—¡Gracias! —dijo Sam—. De seguro que vamos a ir, esta no me la pierdo por nada!

La madre refirió que el fondo de la casa donde tenía un gran techo estaba vuelto un desastre. Cada tarde un grupo de amiguitos, se daba cita para los ensayos del baile.

—El escándalo y la bullaranga que arman es tanta que termino con un terrible dolor de cabeza —señaló la madre, sonriendo.

Habló emocionada del elegante y fastuoso vestido, del regalo de su papi, que había traído especialmente de la capital. No paraba de referir detalles de los zapatos, el cintillo, el collar, los largos guantes y el fino brillante obsequio de sus tíos y tantas cosas más.

Y de la comida se encargaba un conocido restaurante especializado en carnes y mariscos. La bebida sería un selecto Whisky escocés, amén de las innumerables botellas de buen champagne.

Sam escuchaba, embelesado, el entusiasmado relato y el cascabeleo de la bella jovencita.

Sólo faltaban pocos días para que el gran momento del baile se diera.

Insólito hubiera sido pensar que jamás la volvería a ver, ni viva ni muerta de tan irreconocible que quedaría su cadáver.

Después de aquella sangrienta batalla familiar reinó en la familia una calma amenazadora, una quietud trágica. Todo era fingido y se presagiaban malos momentos.

Los hermanos intervinieron con cautela. Para bien de todos, convinieron en alejar al joven —el problema de la familia— por un buen tiempo.

Así que el díscolo muchacho se fue a vivir con unos parientes a otra ciudad.

Pasado algún tiempo, algunos vecinos lo vieron merodear cabizbajo por los alrededores de la casa paterna. No llamó, ni entró.

Cuestión ésta que preocupó un poco a la madre quien se enteró de la misteriosa visita y supo también que su hijo estaba albergado muy cerca, en casa de uno de sus primos. La noticia la alegró, de tanto lo amaba y quería tenerlo consigo.

Fuera lo que fuese, era su hijo y si tenía que dar su vida por él con gusto lo haría.

CAPÍTULO VIII

NUNCA SE SUPO como se hizo de copia de llaves de la casa para poder entrar cautelosamente cuando todos dormían. Y con instinto criminal, con un gran bidón de gasolina que portaba, la fue regando por toda la casa.

Empapó muebles, cortinas y alfombras. Presa del odio, perturbado, prendió fuego aquí y allá. Luego cerró la puerta principal, asegurando mortalmente la reja protectora, hecha de hierro forjado.

Y tal como entró, el incendiario se alejó.

Dentro de la casa se desató un infierno de humo y fuego. Las llamas comenzaron a devorarlo todo. El padre se despertó y trató de controlar el incendio, pero ya era demasiado tarde.

Su sueño pesado producto de los somníferos que tomaba para el dolor de espalda, le retardaba los reflejos.

Buscó en la mesilla de noche la pistola nueve milímetros y la descargó contra la cerradura, pero la puerta no cedió.

El espeso humo lo envolvía todo, ahogaba y no se lograba ver absolutamente nada.

Luego sobrevinieron la desesperación, los gritos y la asfixia inmediata.

Una lenguarada de fuego alimentada por las telas, les dio de frente. La piel como si fuera de cera se les derretía, dejando ver los huesos.

Cayeron abrazados. La madre y sus dos hijas, asfixiadas, murieron casi al instante. Sus cuerpos carbonizados, achicharrados, quedaron como pequeñas bolas.

Los vecinos arrancaron las ventanas con vehículos, rompieron cristales, tratando de apagar el fuego con mangueras, baldes, cubos de agua.

Al padre lograron sacarlo con algunos signos de vida, trasladándolo al hospital donde a poco murió victima de las horribles quemaduras que le habían desfigurado el rostro y calcinado la mitad del cuerpo.

Perdida la nariz, los labios y sin párpados los ojos parecían mirar macabramente al cielo.

Tardíamente, como suele ocurrir en estos casos, los bomberos terminaron de apagar el fuego, sacaron los cadáveres y acordonaron el área.

CAPÍTULO IX

SAM DORI ESE día estuvo en extremo ocupado y no fue sino bien entrada la tarde que se enteró de la horrible tragedia. Se acercó a la casa chamuscada, hedionda, todavía cercada por las franjas de la policía y los bomberos.

Un vecino todavía estupefacto no salía del shock y, balbuceando, le relató cómo, pasada la medianoche, había comenzado el incendio.

Por ser un día de trabajo en una vecindad tranquila no se veía gente por las calles y cuando alguien pudo darse cuenta de las llamas que consumían la casa, dio la voz de alarma y se llamó al cuerpo de bomberos, ya era demasiado tarde. La tragedia se había consumado.

—La misma inseguridad ciudadana los mató o por lo menos contribuido a su muerte —Comentó el vecino parlanchín.

—Eso de instalar rejas, protectores de hierros a ventanas y puertas para protegerse de los ladrones y delincuentes, tan frecuentes en estos tiempos, sólo hizo de una casa una inexpugnable prisión. Hoy un voraz incendio la transformó en una segura urna —comentó una mujer, también del vecindario.

—Resulta casi imposible de creer —intervino un tercero—, que cuatro personas adultas, todas con sus propias llaves, no hubiesen podido abrir siquiera una de las puertas.

Pero así había ocurrido. La rapidez con la que se propagó del fuego, el humo y el asfixiante y venenoso olor que producen plásticos y telas al quemarse no les dio la mínima posibilidad de salir con vida.

Sam no quería oír ni saber nada más del suceso. Estaba triste y consternado. Se alejó del grupo de curiosos.

El destino implacable hacía otras de las suyas, reflexionó, aterrado.

CAPÍTULO X

ESE DÍA EL criminal se despertó tarde. Serían más de las dos y sentía náuseas y vértigo. A duras penas llegó hasta el baño y vomito bilis. La barata y temible droga lo tuvo viajando toda la noche.

En compañía de otros vándalos habían consumido en exceso varias botellas de licor barato y luego comenzaron a fumar *Crack*.

Cuando salió del baño, le dolía la cabeza. Agarrándose de las paredes, dando tumbos, volvió a la cama. Temblaba, era presa de convulsiones y sentía que le iba a reventar la cabeza. Estaba en un estado de locura y repetidamente gritaba:

—¡Me las vas a pagar! ¡Me las vas a pagar!

A esa hora estaba solo en la casa.

Dormitó por largas horas y como a las siete, sin asearse siquiera, metió los pies en unos raídos zapatos, se llevó algo a la boca que alcanzó a tomar de la nevera y salió a la calle.

Con la mirada ida y la vista extraviada caminaba por el centro de la acera. Reía, la gente lo miraba y se apartaba. Él seguía caminando, arrastrando los pies y cabeceando como un becerro. Hasta llegar a una descuidada y sucia plazoleta.

Se sentó en un rincón entre los árboles. Un par de sucios compinches que merodeaban por allí se le acercaron, ofreciéndole licor y más *Crack*.

—¿Qué te pasa? —Preguntó uno de ellos al verlo en aquel estado tan crítico y deplorable.

—Me voy a hacer rico y famoso esta noche. ¡Ya lo van a ver! —Dijo.

Riendo a carcajadas, babeaba y volvía a reír con rabia.

Tres horas después, cuando se levantó del suelo, había perdido la cordura. Era un demente. Dando tumbos, con paso vacilante, emprendió el camino hacia la casa de sus padres.

Casi una hora después y con el bidón de gasolina en la manos llegó a la casa familiar.

Abrió la puerta y entró.

ÍNDICE

www.ingramcontent.com/pod-product-compliance
Lightning Source LLC
Chambersburg PA
CBHW051845170626
46807CB00003B/1358